KB017182

선이골 외딴집 일곱 식구 이야기

선이골 외딴집 일곱 식구 이야기

2004년 8월 5일 초판 1쇄 발행. 2004년 9월 5일 초판 3쇄 발행. 김용희가 짓고, 이홍용과 박정은이 기획 편집하여 펴냈습니다. 사진은 임종진이 찍고, 표지 디자인은 Design Vita에서 본문 디자인은 이순선이 하였습니다. 양경화가 제작 진행을 맡았으며, 제판은 문형사, 인쇄는 대정인쇄, 제본은 성문제책에서 각각 하였습니다. 출판사 등록일 및 등록번호는 2003. 2. 6. 제10-2567호이고, 주소는 121-837 서울시 마포구 서교동 339-4 가나빌딩 4층, 전화는 (02) 3143-6360~1, 팩스는 (02) 322-1846, E-MAIL은 shanti@shantibooks.com입니다. 이 책의 ISBN은 89-91075-14-2 03800이고, 정가는 11,000원입니다.

선이골 외딴집 일곱 식구 이야기

김용희 지음 | 임종진 찍음

【산티】

차례

가을

겨울

책을 내면서

"나 살아온 거 고랑(말해서) 모른다. 하늘이나 알주. 나 살아온 거 책으로 쓰면 열 권도 넘을 거여."

짚신도 없어 맨발로 팔 남매를 기르며 살아온 올해 여든 여덟의 어머니. 내가 막내 원목이만 할 때부터 어머니는 당신의 역사를 끊임없이 들려주셨다. 수백 번도 넘게 되풀이해서 들은 이야기였지만, 나는 어머니의 이야기에 늘 목말라했다. 어릴 적부터 들어온 당신 삶의 역사는 어머니가 내게 물려준 가장 큰 재산이었고, 삶의 구비마다 나는 그 재산의 덕을 보았다.

서울을 떠나 선이골에서 산 지 네 해째 되던 때, 남편과 나는 지난 3년의 삶을 되돌아보고자 했다. 낯선 삶에 힘이 드는 지조차 모를 만큼 정신 없이 지내왔던 3년의 삶을 온 가족이 함께 되돌아봄으로써 새로운 3년을 향한 마음을 다지고도 싶었고, 무엇보다 아이들 교육에 가장 중요한 우리 삶의 역사 교과서가 필요하다고 생각했기 때문이다. 아이들에게 물려줄 가장 큰 유산이 조상의 역사라고 여겼기에 그 교과서를 만드는 데 많은 애착을 느꼈다. 그러나 의욕과 달리 그 일은 쉽지 않았다.

다음날, 다음 계절로 미루며 속절없이 시간만 흘려보냈다.

그러던 중에 출판사에 다니던 벗이 선이골 우리들 삶을 책으로 엮어보자고 제의해 왔다. 일기와 편지 외엔 이렇다할 글을 써보지 못했고, 가뜩이나 넘치는 정보의 홍수 속에 사람들 마음만 어지럽게 할 것 같다는 이유로 거절했다. 그렇지 않을 거라며 부담 갖지 말고 해보자는 벗의 설득에, 그렇다면 이 기회를 우리의 학교 '하늘맞이 배움터'의 역사 교과서를 기록하는 계기로 삼아보자는 생각이 들었다.

이 책에 실린 대부분의 글은 3여 년 전에 그런 생각으로 쓴 것이다. 우연찮은 출판 제의를 채찍삼아 그다지 오랜 시간 들이지 않고 썼다. 아내와 어머니로서 보고 적은 우리 가족의 선이골 이야기를 온 가족이 함께 읽으면서 힘들었던 일, 즐겁고 보람됐던 일, 서로 오해하고 다독이지 못했던 일 들을 깊게 되돌아볼 수 있었다.

그렇게 글은 완성했는데, 그만 그 벗이 다니던 출판사를 나오게 되었다. 계약을 마치고 계약금까지 받았는데, 더구나 그 계약금을 생활비로 다 써버렸는데 이를 어쩐다? 출판 제안 덕분에 아이들에게 줄 역사 교과서는 마련했는데 다시 돌려줘야 할 계약금은 어찌 마련할까 고민하면서 2년이라는 시간이 흘렀다. 여러 곳에서 더 좋은 조건의 출판 제의도 있었지만 처음 제안한 벗이 마무리하는 것이 좋을 것 같아 기다렸다.

그러던 중 벗이 다시 출판사 일을 하게 되었고, 이제 그 글은 그의 손을 거쳐 곧 출판될 책의 원고 형태로 내 손에 되돌아왔다. 만 2년 만에 활자로 되어 돌아온 원고를 읽어보니 그새 아이들이 많이 컸음을 실감할 수 있었다. 나보다 키가 더 커버린 선목이, 업고 다녔는데 이제는 여덟 살이 된 원목이, 그리고 귀신이 나올 것 같았던 선이골도 아이들만큼이나 변했다.

두려움과 막막함 속에서 파닥였던 지난날의 이야기를 다듬으면서 각양각색의 삶을 사는 사람들, 이 책을 읽을 얼굴 모를 형제들이 나도 모르게 떠올랐다. 떨렸다. 피와 살을 섞은 남편에게조차 지독한 외로움을 안겨줬던 나의 오만과 편견이 가뜩이나 어려운 이 시대를 사는 형제들을 괴롭히지는 않을까 걱정되었다.

모르는 형제들과 책을 통해 만난다……? 원고를 다듬으며 만남의 의미를 깊게 생각하게 되었다. 무엇이 우리를 만나게 하는가? 어떤 특별한 삶이 아니라 겨레의 말, 너와 내가 '우리' 로 하나되게 하는 말을 어쩌면 내 평생에 처음으로 깊게 되돌아본 시간이었다. '말' 을 얻지 못해서 글을 쓸 수 없다고 출판을 제안한 벗에게 사양했더랬는데……

2년이 지난 지금에 와서도 이곳 선이골의 삶을 있는 그대로 드러낼 수 있는 말을 얻었는지 자신이 없고, 더구나 이 상태로 모르는 형제들과 글로 만나는 데는 더욱 자신이 없다. 그럼에도 3년 전 처음 글을 쓰기 시작했을 때도 그랬고, 그 글을 다듬는 지금도 말할 수 없이 즐겁고 고맙다. 선이골 역사책을 기록하면서 선이골과 가족 그리고 이웃들과 하나되는 것을 느꼈고, 장차 이 글을 읽을 얼굴 모를 형제들과 하나됨을 소망하게 되었으니 말이다.

그것은 나만의 착각이고 짝사랑일까? 사랑은 착각이어도 좋고 짝사랑이어도 좋은 것 같다. 사랑하는 것 자체가 좋다. 그럼에도 이 책이 선이골 사람들과 이 책을 읽는 이들이 하나되게 하는 오솔길로 이어지기를 바란다.

마지막 글을 다듬고 있는 내게 아이들이 묻는다. 이 책 누가 쓴 거냐고. 어머니가 썼지만 너희들이 쓴 거고, 아버지가, 선이골 나무와 짐승들이, 화천의 이웃들이, 외할머니가, 그렇게 함께 쓴 거라고 대답한다. 그리고 출판사의 형제들! 도무지 원고라 할 수 없을 만큼 알아보기 힘든 그 많은 양의 글을 일일이 컴퓨터에 입력해서 정리하느라 짜증도 많이 났으리라. 지금도 그 원고를 생각하면 부끄러워서 얼굴이 후끈거린다. 요즘같이 바쁜 세상에 편지 외엔 달리 연락 방법이 없는 우리와 소통하며 책을 만드느라 어려움이 많았을 것이다. 이 책의 출판을 계기로 있는지조차 몰랐던 매력적인 웃음의 학교 선배도 만나게 되었다.임종진 님도 이곳에서 사진 찍으면서 아이들의 찰떡궁합 삼촌이 되었다. 대책이 서지 않을 만큼 게으르고 무능하고 부족한 우리에게 마음을 다해 주신 분들께 고맙다는 말밖에 달리 할 말이 없다.

2004년 봄 선이골에서

김용희

봄

편지를 쓰며

비나 눈이 와서 들일을 할 수 없을 때 우리 가족은 편지를 쓴다. 편지 쓸 종이와 편지를 장식할 말린 들꽃을 가져다놓고 각자의 책상 앞에 앉아 편지를 쓴다. 제주도에 계시는 외할머니부터 시작해서, 지영 이모, 미국에 있는 수연 이모, 사촌들에게, 그리고 이곳을 찾아와 친해진 여러 형제들에게, 고마운 사람들에게, 그리운 사람들에게.

아직도 맞춤법이랑 글씨 모양이 잘 잡히지 않은 일목이와 화목이는 글은 짧게 쓰고 그림을 많이 그린다. 그림으로 우리 생활을 나름대로 옮기는 것이다.

"정성을 다해서 쓰고 그려라. 우리가 보내는 편지를 받을 사람이 기뻐할 수 있게…… 정성 없이 후다닥, 비비빅 쓰지 말고!"

편지를 쓸 때마다 하는 얘기지만 화목이의 편지는 도대체가 말이 안 된다. 물론 화목이는 아직 글씨를 배울 만큼 손가락에 힘이 생기지 않아 정식으로 글공부를 시키지 않았다. 그럼에도 종이란 종이를 모조리 가져다가 무조건 글씨를 베끼면서 독학한 솜씨로 편지를 쓰는 것이다.

"우리는 시내버스를 타고 장에 갔다. 원목이가 계속 아팠다"를 "우리는 시네버스를 태다 장애 가다, 원목이가 게속 아파다" 라고 쓰면서도 자기는 편지를 쓴 거라고 언제 부칠 거냐고 당당하게 묻는다.

"화목아. 아버지와 어머니, 그리고 형들을 봐라. 편지 한 장 쓰려고 얼마나 정성을 다 하냐? 글도 제일 모르고 힘도 제일 없는 사람이 제일 빠르게 비비빅 써대면 어쩌냐? 화목이가 어른이라고 생각해 봐. 화목이만한 아이한테 편지를 받았는데 이렇게 아무렇게나 써보낸 편지 받으면 기쁘겠어? 잘 모르겠으면 다른 사람들에게 도움받으면서라도 정성스럽게 편지를 써야지. 며칠이 걸리더라도 말야."

어쩌면 편지를 썼다는 것 자체만도 대견한 화목이가 희생양이 되어 경고를 받는다. 화목이가 쓴 편지를 가족들에게 읽어주면서 어린 나이에 편지를 쓴 것은 훌륭하지만 너무 쉽게 생각한다고 이른다. 그래도 화목이는 조금만 노력하면 되겠다고 생각하는지 틈만 나면 부치지도 않을 편지를 쓴다.

지난 크리스마스에 우리 가족 한 사람 한 사람에게 보내온 아이들 이모의 카드에는 1달러 짜리 지폐가 들어 있었다. 그것을 떠올렸는지 화목이는 이모에게 편지를 쓰면서 장에 가서 맛있는 거 사먹으라고 자기 돈 천 원을 끼워놓는다. 나는 그 기발함에 "하하" 웃고, 다른 아이들은 입을 쩍 벌린 채 다물지 못하고, 남편은 화목이를 안아주면서 아름다운 마음을 칭찬한다.

전화와 컴퓨터가 없는 선이골. 이곳에서 우리의 유일한 통신

편지를 들고 있는 어미의 모습이 환하다. 편지 속에 깃들인 보낸 이의 사랑을 만나고 있기 때문일 게다. 이제 며칠 동안 그는 일하면서, 밥 먹으면서, 심지어 잠자리에서까지 답신에 적을 말을 가다듬을 것이다.

수단은 편지다. 가끔 아랫마을에 가서 전화를 하곤 하지만 시간이 더 흐르면서 그조차도 아주 급한 일이 아니면 하지 않게 되었다. 전화하는 일이 뜸해지는 만큼 편지 쓰는 일이 우리 몸에, 우리 생활에 자리잡아 가고 있다. 육지로 유학 나간 언니 오빠들 덕분에 편지 쓰기는 내게는 아홉 살 때부터 몸에 익은 일이기도 하다.

멀리 떨어져 있는 사람들에게, 그리고 같이 사는 사람일지라도 간혹 너무 멀리 느껴질 때나 거꾸로 아주 감동이 깊어 일상적인 말로 표현하기에 부족함을 느낄 때 주로 편지를 썼다. 40여 년 삶에서 내가 쓴 글 대부분은 편지와 일기였다.

나에게 그 두 가지가 갖는 의미는 엄청나다. 겉으로 보여지는 과격함과 오만함에 비해 속마음을 전하지 못하는 수줍음과 소극성을 나는 주로 편지와 일기를 통해 해결하곤 했다. 나누지 못한 마음, 꼭꼭 감춰둔 말을 담아내기에 편지는 얼마나 좋은가. 우리에게 편지는 초고속 정보화 시대의 물살에 휩쓸려 거품처럼 떠내려가는 관계를 붙잡는 방편이기도 했다.

서울에서 살 때 한때 워드프로세서에 반해서 486 컴퓨터로 글을 쓴 적이 있었다. 줄줄이 태어나는 아이들을 데리고 다섯 평도 안 되는 약국에서 틈틈이 강의 원고를 써야 했는데 얼마나 편하던지 손으로 쓰는 것과는 비교가 안 되었다. 강의 원고 없이 이야기를 하는 게 부담스러워 사람들 앞에 나서는 걸 피했는데, 워드프로세서는 바쁜 중에서도 강의 원고 쓰는 걸 아무 일도 아니게 만들었다. 강의 한 시간 전에만 원고를 마치면 되었다. 무조건 되는 대로 쏟아넣은 뒤 죽 훑어보면서 자유자재로 지웠다 새로 썼다 혹은 다른 것을 집어넣었다 할 수 있었다.

몇 달을 그렇게 하다가 컴퓨터가 없는 집에서 모처럼 편지를 쓰려고 하는데, 아뿔싸 내 마음의 생각을 도대체 어디서부터 어떻게 써 내려가야 할지 막막했다. 그리고 막상 써놓아도 예전처럼 마음이 후련하지가 않았다.

몇 번 이런 경험을 하고 나서는 워드프로세서 사용을 애써 삼갔다. 편리함이란 자유자재로 글을 조절할 수 있는 워드프로세서의 기능에 불과할 뿐, 정작 나의 사고는 엉망진창으로 변하고 있었던 것이다.

아이들을 낳고 기르느라, 약국에서 사람들을 대하느라, 워드프로세서와 전화를 사용하느라 나의 수십 년 된 편지 쓰기가 한동안 깊게 잠들었다. 이곳 선이골에 와서도 그 잠은 쉽게 깨어나지 않았다. 통신이 되지 않아 답답해서 못 견딘 미국의 언니와 제주도의 언니가 우리에게 편지를 보내기 시작하면서 그 잠은 서서히 깨어나기 시작했다.

시간을 내서 편지를 쓰고, 서로가 쓴 편지를 돌아가면서 읽어주며, 장에 가거나 나들이 갈 때 가지고 나가서 부친다. 반대로 집으로 돌아올 때 우리에게 온 편지를 찾아와 온 가족이 소리 내어 읽는다. 내가 편지를 읽으면 모두들 촛불 밑 둥그런 상에 모여 앉아 그 편지에 담긴 보낸 이의 마음을 듣는다. 부드러운 어둠이 방 안 가득하고, 보낸 이의 마음 또한 방 안에 가득해진다.

전화도 없고 컴퓨터도 없으니 편지로 소식을 전할 밖에. 며칠 동안 가슴에서 영근 마음을 글자로 옮기는 일에 선이골 식구들은 정성을 다한다. 가지런한 글씨 위에 선이골 봄 햇살과 들꽃도 함께 담길 것이다.

나는 일기와 편지 쓰기의 위력을 내가 맛본 만큼만 아이들에게 권해 왔었다. 그러나 말이 많아질수록 말이 없고, 글이 많아질수록 글이 없는 세상이 되어가는 것을 더욱 실감하게 되면서부터는 훨씬 더 적극적으로 아이들에게 편지를 쓰라고 권한다. 편지 쓰기가 비록 제한된 사람들 사이의 관계라고는 해도 둘만이 소중하게 속삭이고 나눌 수 있는 만남이라 여기는 탓이다.

85세 된 어머니보다 더 시대에 뒤떨어졌다고, 전화 한 통 하면 손가락이 부러지느냐고 서울에서부터 핀잔을 듣던 나한테는 그래도 편지 쓰기가 가장 마음 편한 관계 맺기이다. 며칠 전부터 편지 보낼 사람을 생각하며 글을 쓰고 보내기까지, 비록 직접적이진 않아도 그 사람과 온통 함께 보내는 시간이 나한테는 참으로 소중하다. 일하면서, 밥 먹으면서, 심지어 잠자리에서까지 그 사람과 대화하면서 편지에 쓸 말을 가다듬고 나의 생활과 마음을 가다듬는다. 며칠, 때로는 몇 달을 두고 무르익고 무르익어 더 이상 속에 담아둘 수 없을 때 그 마음이 편지로 써지는 것이다.

우리 아이들에겐 인터넷은 물론 전화조차 낯설다. 그런 조건에서 아이들은 아주 자연스럽게 편지와 일기 쓰기를 자기 생애의 한 부분으로 체득해 간다. 만나고 관계를 맺기 위해 아이들은 글자를 배우며 글쓰기를 갈고 닦는다.

편지 한 통을 부치기 위해서 먼길을 가야 하고, 회답 편지도 때가 지나서 먼길 내려가 찾아와야 하지만, 이는 결코 느린 속도가 아니리라. 어쩌면 만남과 관계의 깊이가 자라남에 있어 당연히 요구되는 시간일 것이다. 밭을 일구고 씨앗을 뿌리고 싹이 터서 자라길 기다리듯이, 씨앗이 잘 자라나게 햇빛과 바람과 비를 하늘에 기원하듯이, 그렇게 우리도 편지로 사랑의 씨앗을 뿌리고 기다리고 기도하며 관계를 키워가는 것일 테니까.

연락하기가 쉽지 않아 답답함과 그리움을 가슴에 꼭꼭 품어야 할 먼 곳에 있는 형제들, 그리운 사람들…… 올 봄엔 그들에게 보낼 편지를 위해 아이들과 들꽃을 더 많이 따서 말려야겠다.

아침맞이 노래

하루 중 우리 가족이 가장 큰 의미를 부여하는 때는 '아침맞이' 시간이다. 지금은 막내 원목이도 진행을 맡을 수 있을 만큼 정착됐지만, 이렇게 안정되기까지는 서울을 떠나온 뒤로 4년이 걸렸다.

아침에 일찍 일어났건 늦게 일어났건 또 그날이 무슨 날이건 간에, 온 가족이 일어나 청소하고 아침 체조하고 식사 준비를 마치면 아침맞이를 한다. 보통은 오전 여덟시에 시작해 약 30분 정도 걸린다.

둥그런 낡은 밥상에 둘러앉아 "지금부터 단기 4337년, 서기 2004년 ○월 ○일 아침맞이를 시작하겠습니다"로 시작되는 아침맞이. 화목이가 아침맞이 선언을 하건, 아이들 아버지가 하건, 시작을 알리는 말이 나오면 모두들 똑바로 앉는다. 아침과 하루 삶의 찬양과 감사, 소망을 담은 노래를 부른 뒤 간단하게 묵상을 하고 남편이 '오늘의 말씀'을 전한다. 《참전계경》《삼일신고》《신 · 구약성경》 등등 새벽에 일어나 고요한 촛불 밑에서 읽고 쓰고 명상으로 준비한 말씀을 10분 가량 들려준다. 그 뒤에 가족의 소망을 담은 기도를 하고, 기도가 끝나면 신라 말 최치원 선생이 묘향산 석벽에 새겼다는 여든 한 자 〈천부경〉을 진행자의 선창에 따라 온 가족이 읊는다.

"일시무시일一始無始一…… 천이삼天二三 지이삼地二三 인이삼人二三 대삼합륙大三合六…… 앙명인昻明人 중천지일中天地一 일종무종일一終無終一……"

천지만물의 시작과 끝, 생성 원리 등을 담아 응축하고 응축한 〈천부경〉을 읊으면서 우리 삶의 시작과 끝을 기억하고, 천지인이 하나되는 하늘 뜻이 지상에서 이루어짐과 밝고 맑은 이 앙명인을 기다린다. 이로써 우리는 아침맞이를 마치고 아침밥을 먹는다.

서울을 떠나온 뒤 지금까지의 우리의 역사는 어쩌면 아침맞이의 역사라고 해도 지나치지 않으리라. 1998년 4월 18일, 서울을 떠나 이곳에 왔을 때 처음 보름 동안은 도시 생활과는 너무도 다른 생활 환경에 그저 놀라워하면서 보냈다. 아니 처음으로 그 무엇인가에 얽매이지 않아도 되는, 오로지 우리의 자유로운 선택만이 주어진 조건에 처하고 보니 무엇을 어떻게 해야 할지 막막했다고 하는 게 정확하겠다.

우리가 이사한 때가 농사가 시작되는 때라서 이웃 사람들은 농사 짓기에 부산했지만, 우리는 날마다 서울에서 하던 습관대로 늦게 일어나서 늦게 밥 먹고 낮에 이삿짐 좀 정리하다가 오후가 되면 온 가족이 들녘으로 어슬렁대며 산책하곤 했다. 우리 앞에 펼쳐질 환상의 세계에 취한 채 되는 대로 즐기며 지냈다.

그러다가 날마다 갖가지 새소리에 잠을 깨어 아침을 맞게 되면서, 아침이면 이슬 머금은 촉촉한 들꽃과 잎사귀들을 대하면서 아침조차도 없이 수십 년을 지내왔던 몸이 조금씩 아침을 느끼기 시작했다. 아침 동틀 녘 유난히도 아름답게 노래하는 새들을 보면서, 하루 중 가장 맑고 선명하게 피어난 들풀의 모습을 보면서, 이들은 아침을 참으로 아름답고 경건하게 맞이하고 있다는 생각을 하게 되었다. 이 자연의 모습을 보고서 아침맞이가 숨쉬는 모든 것들의 당연한 삶의 몸짓임을 깨달았다.

집 앞 대추나무에 둥지를 튼 까치들의 삶을 보면서 그 경건하고 엄숙한 순종과 자유로움이 가슴 저리게 부러웠다. 까치의 아침 노래와 날갯짓을 보면서 그 무엇이 까치로 하여금 저렇게 자유롭고 아름답게 노래하고 성실한 삶을 살게 하는 걸까 궁금했다. 나도 그 무엇을 가지고 싶었다. 보름 가까이 늦잠 자고 무기력하게 보내는 나를 보면서도 욕하거나 비웃지 않는, 그러면서 오직 자신의 살아있음을 드러내는 것만으로, 아침이면 어떤 이웃보다도 먼저 와서 나를 깨우는 까치를 보면서 '그 무엇' 이 무엇인가를 어렴풋하게 느껴가기 시작했다.

까치는 어린 시절의 내 어머니 모습을 떠올리게 했다. "사람은 착하고 부지런한 것만으로는 안 된다. 하늘이 돕지 않으면 사람은 풀 한 포기조차 길러낼 수 없다" 며 인간 중심의 삶에 깊이 빠져드는 나를 걱정했던 어머니. 내게 없는 까치의 그 무엇은 바로 '하늘' 이었다. 내 어머니는 '하늘' 이 있었고, 내게는 '하늘' 이 없었다. 서울을 떠나서야 나는 처음으로 내게 '하

작은 창문으로 환한 빛이 들어오면 어김없이 시작되는 아침맞이. 서울을 떠나 선이골에 와서야 잃었던 아침을 되찾았다는 이들 가족의 아침맞이는 감사와 찬양의 작은 축제이다.

늘' 이 없음을 인정하게 되었고, '빈 하늘虛天' 을 떠돌며 살아 왔음을 깨닫게 되었다. 하늘 없는 몸. 허천虛天의 몸. 내 고향 제주도에선 그런 몸을 '귀것' (귀신의 것)이라 했다.

나는 까치의 아침, 들풀의 아침을 흉내라도 내고 싶었다. 농사나 아이들 교육이나 이삿짐 정리, 집수리…… 다 나중 일인 듯싶었다. 나는 살아있고 싶었다! 깨어 있고 싶었다! 내 발부리에 수없이 밟히면서도 아침이면 새롭게 아침을 맞이하는 들풀의 그 강인한 생명력이 바로 날과 철을 주관하는 하늘의 법칙에 순종함으로써 주어지는 것임을 그제서야 내 직관은 알아차렸다.

지금의 아침맞이로 되기까지 우리는 예닐곱 번의 변화를 겪었다. 처음엔 온 가족이 하루 일과를 시작하기 전에 아침맞이를 한다는 것 자체에 의미를 두었다. 함께 노래 부르고 기도하며 그날의 날씨와 천연계天然界의 변화와 할일을 적었다.

숲 속을 산책하며 아침맞이를 하기도 했고, 어떤 땐 우리가 심은 농작물을 돌아보며 그것들을 격려하며 아침맞이를 하기도 했다. 봄나물이 한창 돋기 시작할 땐 아침 식사 먹거리도 준비할 겸 봄나물을 뜯으며 해맞이, 아침맞이를 하기도 했고, 어떤 땐 그 모든 절차와 형식이 지겨워 마당에 나가 해뜨는 것을 보면서 새들의 노래를 들으며 새들이 날갯짓하는 것처럼 온 가족이 해맞이 춤을 추기도 했다.

아이들은 우리 부부가 어떻게 하든 그대로 따라했다. 남편은 남편대로 나는 나대로 날마다 우리에게 거저 주어지는 이 놀라운 하루하루를 어떻게 맞이할 것인가를 두고 꽤나 몸부림치며 고민했고 신경전을 벌이기도 했다. 까치는 까치대로의 아침맞이가 있고, 들풀은 들풀 나름의 것이 있듯 우리에게도 우리 나름의 아침맞이가 있을 것 같은데 그것이 무엇인지 도통 알 수가 없었다.

까치가 보아도, 들풀이 보아도, 우리와 사상과 종교가 다른 사람이 보아도 함께 할 수 있는 '열린' 아침맞이, 그 모습을 찾아서 그때그때 최선이라고 여겨지는 모습을 취해 왔다. 아침맞이라는 틀이 우리 삶을 깨우는 게 아니라 도리어 가두고 잠들게 하지는 않을까 하는 두려움도 있었다. 지금 하고 있는 아침맞이의 틀은 2000년이 기울어가는 초겨울부터 해온 것인데 이제는 이 모습에서 편안함과 자유로움을 느낀다.

온 우주로 향하는 아침맞이, 온 가족이 날마다 하나되는 아침맞이, 여기엔 찬양과 기도뿐 아니라 무엇보다 온 우주를 사랑과 지혜와 법칙으로 하나되게 하는 '말씀'이 있어야 함을 경험 속에서 깨달았다. 선이골 동산에 아침마다, 계절마다 가득 채워지는 하늘의 말씀, 갖가지 모습으로 빛을 내며 살아 춤추는 하늘의 말씀, 인간의 모든 편견과 선입견과 제한을 넘어서 한치도 어긋남 없이 어제나 오늘이나 똑같이 이루어지고 있는 하늘의 말씀……

날마다, 계절마다, 해마다 아침맞이를 해가면서 우리는 우리도 모르는 사이에 변해 가고 있었고, 그만큼 선이골에서의 생활도 변해 가고 있었다. 우리에게 아침맞이는 온 우주를 우주

일곱 식구는 한 방에서 잔다. 아침이면 이불 속에서 더 뒹굴고 싶지만 청소하고 아침맞이하고 식사 준비도 해야 하니 마냥 게으름을 피울 순 없다. 더구나 벌써부터 배 속에선 꼬르륵 소리가 난다.

답게 하는 하늘 법칙에 다가가는 몸의 기도일 뿐 아니라 그것에 대한 찬양이며 그것을 배워가는 학교였다. 아침맞이를 통해 절대적인 사랑, 절대적인 지혜, 절대적인 법칙이 우리를 지어내고 기르고 이끌고 있다는 놀라운 자각을 하게 되었다. 우리가 절대적인 사랑의 피조물이라는 깨달음은 우리에게 얼마나 놀라운 평화와 쉼과 자유로움을 주는가?

아침마다 밝음을 온 가족이 고마워하고 그날의 하루 살림을 위해 기도하며, 지구상의 다른 이웃을 위해 기도할 수 있다는 것은 얼마나 놀라운 축복인가? 동터오는 새벽에 자연의 모든 몸들이 빛을 받고 생명을 받고 힘을 받듯이, 우리도 아침맞이를 통해 우리도 모르는 사이에 뭐라 표현할 수 없는, 하루 살림에 필요한 것을 받았다. 아침맞이를 통해 우리는 '때'를 배워가고 '철'을 알아가고 우주의 법칙, 사랑의 법칙을 느껴가기 시작했다. 아버지, 어머니, 아들과 딸, 남자와 여자, 가정과 이웃, 인류와 삶을 배워갔다.

흉내 내기로 시작했던 아침맞이가 서울을 떠난 이곳의 낯선 삶, 새로운 삶의 나침반이며 조절선이 될 줄을 우리는 몰랐다. 살면서 때로는 흐트러지고 때로는 절망에 빠지기도 하고 가족이 커다란 멍에로 느껴지기도 하지만, 이 어둠과 밤이 지나면 어김없이 해는 다시 떠오를 것이고 우리의 아침맞이도 행해질 것이다. 그렇듯 아침맞이는 우리의 희망이고 날마다 새로 시작되는 삶이다.

선이골에 온 까닭은

우리는 지금 7년째 선이골에서의 삶을 맞이하고 있다. 해마다 4월이 오면 우리 가족은 우리가 왜 이곳으로 오게 되었는가를 물었다. 선이골에 우리가 살고 있다는 게 참으로 고마워서 믿어지지 않기도 했고, 우리가 이곳에서 사는 의미를 좀더 깊게 느끼고도 싶었기 때문이다.

1993년, 둘째 주목이를 임신했을 때 약국이 세 들어 있던 건물이 헐리고 새로 지어졌다. 새 건물에서 다시 약국 문을 열었는데 개업 신고 서류 중에 엑스레이 건강 기록이 빠졌다고 고발을 당해 벌금 100만 원에 일년 동안 약국을 할 수 없다는 처분을 받았다. 1997년에도 우리 약국은 약사회로부터 해마다 신상 신고할 때 내는 회비 50만 원을 내지 않았다고 고발을 당해 벌금 100만 원을 물어야 했다.

너무 부당하다는 생각에 서초동 법원에도 서고, 보사부에 진정을 하기도 했다. 그때마다 위기를 넘기기는 했으나, 10년의 약사 경험은 이 시대에 약사라는 직업이 뭔가에 대해 근본적인 회의를 갖게 하기에 충분했다.

1997년, 첫아이 선목이가 초등학교에 입학했다. 입학식 날 담임 선생은 학생들 단체 급식에 학부형 당번을 정하고 그날은 무슨 일이 있어도 꼭 참석해야 한다고 으름장을 놓았다. 다섯 살, 네 살, 세 살의 연년생 아이들과 막내 원목이를 임신한 나는 약국을 하는 일도, 첫아이 선목이의 학교 생활을 도와주는 것도 어느 것 하나 제대로 할 수 없었다.

주목이, 일목이, 화목이 세 아이를 어린이집에 맡겨 아침저녁으로 데려다주고 찾아오는 것도 한 방법이었겠지만, 우리 약국은 사람들로 바글대긴 했어도 돈은 벌지 못했기 때문에 그럴 형편도 못 되었다. 관리 약사를 데려다 약국을 함께 운영하는 것도 방법이지만, 지역 주민과 하나되어 일할 만한 약사를 구하는 것도 참으로 어려운 일이었다. 강의하랴, 모임에 참석하랴 당신 일만으로도 바삐 지내던 남편은 가족을 돌보기 위해 그 모든 것을 그만두어야 했다.

약국을 하면서 고향집에 가면 아버지는 "사기꾼 왔냐? 사기쳐서 돈 많이 벌었냐? 진짜 약사는 밥을 굶어"라고 농담하시며 내가 양심적인 약사가 되기를 바라셨다. 내가 생각할 수 있는 양심적인 약사의 주요한 일은 약의 부작용, 약의 오남용에 대해 지역 주민에게 가르치면서 약을 먹지 않고서도 고칠 수 있는 방법을 알리는 것, 그리고 병의 성격과 생활과의 관계를 밝혀 식생활의 개선 등을 통해 병을 예방하도록 하는 일이라고 여겼다.

1997년 단군 이래 국가 최대 위기라는 IMF 금융 대란이 닥치면서 이웃들이 무너져갔다. 지역 주민을 아무리 사랑한다 해도 약국에서 이들에게 해줄 수 있는 것은 아무것도 없었다. 충격으로 쓰러지고 자살하고 가정이 파탄 나는 그 엄청난 병에 다섯 평도 안 되는 약국이, 더구나 줄줄이 아이가 다섯이나 딸린 약사가 무엇을 할 수 있단 말인가?

첫아이 선목이는 학교에 마음을 붙이지 못하여 제멋대로였고, 주목이와 일목이, 화목이는 약국으로 나가는 내 발을 붙잡고 가지 말라고 칭얼대었다. 게다가 점점 배가 불러와 몸도 무거웠다. 바깥일을 최대한으로 줄여서 가족만을 돌보던 남편도 지칠 대로 지쳤다. 대도시 서울의 환경에서 아버지가 내게 바라셨던 양심적인 약사가 되려면 아이를 다섯씩이나(!) 낳아서는 안 되는 일이었다. 남편 역시 이 시대에 양심적인 지식인이 되려면 아이를 다섯씩이나 낳아서는 안 되는 일이었다.

누구나 할 것 없이 생활이 빠듯하고 바쁘고 지친 서울의 삶. 거기에다 하루 스물 네 시간 한 순간도 끊이지 않고 들려오는 온갖 소리들, 뿌연 하늘, 피해 의식, 두려움…… 남편과 내가 선택할 수 있는 것은 단 하나뿐

나물을 고르고 다듬는 솜씨가
제법이다. 아니 오히려 어지간한
새색시보다는 훨씬 낫다.
귀찮은 듯 아무렇게나 내돌리는 듯하지만
손놀림을 보면 보통내기들이
아님을 금방 알 수 있다.

이었다. 떠나는 것! 그러나 어디로? 도대체 어디로 가야 한단 말인가? 어머니, 아버지와 한 순간도 떨어지지 않으려 하는 아이들이 마음놓고 살 수 있는 곳, 그곳이 어디란 말인가? 더구나 벌어놓은 돈도 넉넉지 못하고 아이들 돌보는 것만으로도 힘에 부쳐하던 우리로서는 막막하기 이를 데 없었다.

우리 부부의 고향인 제주도에 가서 살아볼까도 생각했다. 고향 떠난 지 30년이 넘은 남편, 18년이 된 나, 고향에 가족과 친지가 있었지만 우리의 자리는 이미 뿌리 뽑혀 있었다. 고향 제주는 우리 마음속에만 남아 있을 뿐이었다.

서울 거리에 나뒹구는 플라타너스 낙엽처럼 외로웠다. 그러나 궁하면 통한다고 했던가? 막막한 심정에 정안수 떠놓고 천지신명께 비는 마음 하나로 하늘만 쳐다보고 있었는데, 참으로 우연찮게 선이골 소식을 접하게 되었다. 창고 같은 커다란 집만 한 채 있고 전기도 없고 인가도 없고 밭은 숲이나 다름없다고 남편은 한번 다녀온 뒤 말해 주었고, 나는 "당장 갑시다. 가서 살면서 어찌해 봅시다" 라고 했다.

1998년 4월 18일, 우리는 서울을 떠났다! 큰 도시 서울의 삶에서 나왔다! 이제 우리 가족은 언제나, 어디서나, 무슨 일에서나 함께 있을 수 있었고 또 함께 있어야만 살아갈 수 있게 되었다.

우리가 사시사철 아름다운 선이골에 와서 살게 된 것이 기적처럼 여겨졌다. 이제껏 살아오면서 착한 일 하나 한 적 없는데 이런 땅이 우리에게 주어졌다는 게 믿어지지 않았다. 이곳을

선목이는 선이골 숲자락과 가장 잘 어울린다. 숲 안에 선목이가 있고 선목이 안에 숲이 있다. 모든 산 속 주변 것들과 선목이는 참으로 친숙하다.

방문하는 사람들 중엔 우리 집이 꼭 난민 수용소 같다고도 하지만, 너무 비싸게 팔아서 미안하다고, 이곳에 집 짓고 길 내느라 너무 힘들었다고, 그래서 자기들이 쓰던 모든 살림살이와 심지어 먹던 쌀 한 가마니까지 고스란히 남겨놓고 간 마음씨 착한 사람이 지은 집에 우리가 산다는 게 얼마나 마음 든든했는지 모른다.

해마다 우리는 우리 자신에게 물었다. 왜 서울을 떠났느냐고. 이곳에서 무얼 하려고 하느냐고. 대한민국 가장 남쪽 제주섬에서 태어나 자란 우리에게 강원도 북쪽 화천은 모든 점에서 낯설고 물설었다. 아이들 교육 때문에 사람들은 시골을 떠나 도시로 가는데 다섯 아이를 데리고 아무런 인연도 없는 이곳에 온 우리를 화천 사람들도 처음엔 경계하고 의심하고 거리를 두고 지켜보았던 것 같다.

그럼에도 화천과 우리는, 다섯 쌍둥이 같다는 아이들을 가운데 두고 조금씩, 아주 조금씩 만나가기 시작했다. 서울에서 천덕꾸러기 같은 삶을 살아야 했던 아이들은 화천에서는 온몸으로 이웃의 관심과 배려를 받게 되었다. 지역 주민의 5분의 4 정도가 타지 사람인 화천. 땅값이 싸서, 이북에 있는 고향과 가까워서, 군대 생활을 한 것이 인연이 되어서 이곳에 눌러앉아 살게 된 사람들. 고향을 떠나 일가친척 없이 사는 실향민의 외로움과 고행, 그리움을 아는 사람들의 땅. 실향민을 따뜻하게 받아안을 수 있는 강원도 '감자바우'의 넉넉한 심성을 가진 본토박이 사람들의 땅.

이곳 사람들은 대부분 많은 형제 속에서 가난하게 살아본 사람들이었고, 화천의 대자연 속에서 살아온 사람들이었다. 그래서 우리가 선이골에서 다섯 아이를 기른다는 게 어떤 삶인지를 아는 사람들이었다. 선이골 같은 산골에서 전기 없이 사는 삶, 비료나 농약, 기계 없이 농사 짓는 일이 어떤 것인가를 '살아봐서' 아는 사람들이었다. 사륜 구동차도 올라오기 부담스러워하고 전화도 없어 연락도 안 되는, 우리 가족만 사는 외딴 선이골이었지만, 이들은 우리 삶을 우리보다 더 훤히 아는 것 같았다.

홍수로 길이 무너지면 멀리 원천리에서 와서 포크레인으로 무너진 길을 손봐주기도 하고, 때가 되면 논도 떠주고 모도 길러서 가져다가 심어주기도 한다. 더 먼 곳 계성리에 사는 환경미화원 형제들도 우리 가족 옷이며, 신발, 이불 등 살림에 필요한 것을 바리바리 갖다 준다.

오일장에 가면 아예 친정 어머니처럼 보리며 기장쌀, 청국장 등을 듬뿍 싸놓고 우리를 기다리고 있는, 고향이 황해도인 분도 계신다. 화천 읍내엔 아이들이 한두 시간 정도, 텔레비전에 빨려들듯 마음놓고 볼 수 있는, 칼국수 네 그릇 시키면 일곱 그릇에, 거기다 산에 올라가면서 먹으라고 김밥까지 얹혀주는 단골 분식 가게도 있다.

30여 년 전 바로 이곳 선이골에서 팔 남매를 데리고 몸을 도끼삼아 7년을 살았던 분도 춘천에 사시면서 일년에 한두 번씩 들르신다. 이제는 성공해서 그런 대로 살 만한데도 이곳에서 살았던 것을 생각하면 밤에 잠이 안 온다고, 그래서 우리만 보

아이들에게 산은 친구다. 산짐승이 갑자기 울어대기라도 하면, 한편 걱정도 들지만 그보다 먼저 궁금증이 고개를 든다. 어미 품속 같은 산이 있기에 아이들은 오늘도 심심하지 않다.

면 눈물을 글썽이며 당신 가진 것 아무거나 놓고 가신다.

이곳 군청, 학교, 은행, 농협, 심지어 군부대와도 '말' 이 통했다. 우리는 이곳 사람들 한 사람 한 사람을 알아갔지만, 화천은 화천 전체로 우리를 맞이해 주었다. 주민 2만 3천 명이 사는 작은 마을 화천은 서로가 다 아는 사이였고, 서로서로 사돈에 팔촌으로, 동네로, 삶으로 맺어 있었다. 아이들에게 이들 모두는 이모고 삼촌이고 할아버지, 할머니였다. 내게 이들은 내 생애 처음으로 실감하는 동포이고 겨레였다.

스무 살 때 제주도를 떠난 이래 18년 동안 서울에 살면서 느꼈던 그 피곤함의 정체를 이곳에 와서야 비로소 깨달았다. 나는 '말' 이 통하지 않는 외국에서 사는 사람처럼 살았던 것이다. 억새를 낫으로 베다가 억새에 눈이 찔렸는데도 그냥 "찔리오" 한마디 하고 억새를 용서해 줄 수 있는 이곳 사람의 너그러움은 어디서 비롯되는 것일까? 내게는 그 모든 것이 놀라웠다. 20여 년 도시 삶에서 묻은 피로와 허무와 냉소가 씻겨가는 것 같았다.

서울에서 약국도, 강의도 할 수 없고, 그래서 먹고살 수도 없어서 오로지 다섯 아이와 함께 지낼 수 있기만을 바라고 서울을 떠나 이곳에 왔더랬는데, 내 어머니 우리를 키웠듯 나도 땅을 기면서 살아야지 모질게 마음 먹었더랬는데……상상조차 하지 못했던 축복들이 우리를 위해 기다리고 있을 줄이야!

화천 형제들을 통해 우리에게 전해지는 축복은 나와 남편을 변화시켜 갔고, 해마다 우리의 '떠남' 의 의미를 새롭게 해주었다. 우리는 왜 떠났는가? 우리는 왜 이곳에 있는가? 7년째 선이골 삶을 맞이하면서 우리는 '만나기' 위해서 '떠났음'을 깨닫는다. 서울 삶에서 우리는 '하나되는 만남'에 배고프고 목말라 했음을 깨닫는다.

선이골의 천연계는, 화천의 이웃 형제들은 우리에게 '만남'을 가르친다. 이제 우리는 이곳에서 비로소 '말'이 통하는 것을 느낀다. 큰소리칠 필요 없이 낮은 소리로 다시 서울을 만나고, 하늘이 우리에게 주신 이 나라, 겨레를 다시 만난다. 그리고 어머니! 살아온 삶이 너무나 달라서 고등 교육 받은 자식들에게 "말도 모르고 글도 모른다"고 답답해 하셨던 어머니의 말씀을 만난다. 어머니께서 그토록 바라셨던 하늘과 땅, 사람이 하나되는 삶을 만난다.

때와 철을 알아가며

봄이 왔다! 2월 4일, 봄이다. 봄…… 바라 봄! 빛을 봄! 새로움을 봄! 올해도 우리는 지상에 펼쳐지는 하늘의 노래를 맞이할 수 있는 축복을 받았다. 아, 어찌 춤을 추며 잔치를 하지 않을소냐!

선이골의 모든 몸들은 '봄의 몸' '빛의 몸'으로 준비하고 있었다. 벌써 해는 동남쪽 끝에서 날마다 조금씩 동쪽으로 동쪽으로 향해 뜨고, 그만큼 하루의 햇빛도 길어지고 따뜻해졌다. 동쪽의 산들은 동지를 기점으로 시든 갈빛에서 옅은 청빛으로 달라지더니만 이제 점점 푸른빛을 띠고 있다. 바람의 느낌도 하루가 다르게 부드럽고 상큼해졌다. 새들의 노랫소리도 달라졌다. 잎 하나 없는 맨몸의 나뭇가지에는 싹눈과 꽃눈이 아주 조금씩 영글고, 언 땅의 흙은 갈수록 부드러워졌다.

일년 중 밤의 길이가 가장 길다는 동지부터 우리는 봄을 기다려왔다. 봄은 다시 올 것이기에 일년 중 가장 춥다는 소한과 대한의 달 1월도 즐거운 마음으로 누릴 수 있었고, 고요한 쉼의 시간으로 삼을 수 있었다. 하루하루 입춘이 다가오면서 우

들꽃을 꺾어 든 화목이는 "이거 이쁘지유?" 를 연발했다. 너무나 진지하게 묻는 통에 왜 꺾었느냐고 탓하기도 뭣하다. 이쁘니까 들고 다녀야 한단다.

리는 봄맞이 잔치, 입춘대길 잔치를 준비한다.

서울을 떠나 선이골에 온 뒤로 절기에 큰 관심을 가지게 되었다. 계절마다 확연하게 달라지는 자연계의 현상을 깊이 이해하고 싶었기 때문이다. 또 서울 생활을 지배하던 시간 법칙에서 벗어나 이곳의 새로운 삶을 이끌어줄 새로운 시간 법칙이 필요하기도 했다.

처음 이곳으로 왔을 때 '때' 도 없고 '철' 도 없던 우리의 모습을 보는 것은 얼마나 참담했던가. 아무에게도 무엇에도 얽매일 필요가 없는 새로운 환경에 놓이게 되자, 우리 몸이 마치 고장난 녹슨 시계 같다는 생각마저 들었다. 이웃 형제들은 쉬지 않고 때마다 철마다 열심히 일했다. 그들이 알고 있는 때와 철을 우리는 알지 못했지만, 그럼에도 그것과는 뭔가 다른 때와 철이 있을 것만 같았다. 이웃 형제들이 철 모르는 우리에게 틈만 나면 때와 철을 가르쳐주고 우리도 열심히 듣고 참고했지만, 정작 우리의 마음을 사로잡은 때와 철은 천연계가 따르는 때와 철이었다.

나는 난생 처음으로 하늘과 땅, 천지 중에 시간이 어디 있는가, 그 시간을 찾아보려고 사방을 둘러보았다. 언 땅에서 싹이 나고 꽃이 피고 열매를 맺고 다시 쉬는 것을 보면 이들의 삶을 이끄는 시간의 법칙, 때와 철의 법칙이 있는 것이 분명한데 내게는 그것이 보이지 않았다. 들리지 않았다. 느껴지지 않았다. 손을 허공에 대고, 그야말로 공기와 햇빛을 잡아보려고, 시간을 잡아보려고 허우적댔다. 천연계의 몸들을 다 이루고(때) 빛내는(철), 그 보이지 않으면서도 분명하게 있는 때와 철을 알고 싶었다. 그래서 우리의 몸도, 우리의 삶도 저 천연계의 몸처럼 다 이루고 빛내고 싶었다.

그러나 우리는 때와 철을 몰라서 당장 농사를 준비하는 것도 어려웠다. 이웃이 하는 것을 본떠서 부지런을 떨었지만 항상 한발 늦었고, 그러다 보니 농사 짓기에 믿음을 가질 수가 없었다. 이 사람 저 사람에게 귀동냥도 열심히 했지만 사람마다 생각과 말이 달라서 어찌해야 할지 막막했다.

그래서 찾은 것이 세시풍속에 관한 책들이었다. 세시풍속기에 나온 24절기를 중심으로 한《농가월령가》는 우리에게 많은 도움을 주었다. 서울을 떠난 뒤 몇 년 동안 실제적인 도움을 받은 거의 유일한 책이었다. 그럼에도《농가월령가》를 우리 몸이 알아가는 데는 많은 시행착오와 시간이 필요했다. 첫해엔 그냥 열심히 읽었고, 두 해째에는 조금 이해할 수 있었고, 세 해째가 되어서야 때와 철을 아는 데 참고해야 할 유일한 것으로까지 치게 되었다.

그해에《농가월령가》의 내용을 하나하나 큰 종이에 베껴서 방 안에 붙였다. 그러면서 자연의 모든 몸들이 햇빛과 달빛에 의해 낳고 자라남을 실감했다. 당연히 우리 삶의 주기도 그에 맞추기로 했다. 농사 짓기는 물론이고 아이들의 교육도 24절기에 맞추어 봄, 여름, 가을, 겨울 학기로 편제하고, 24절기의 특성에 따라 배움의 내용도 짰다.

《농가월령가》를 읽고 그 내용을 자연 속에서 확인하며 이해

하기도 했고, 반대로 자연계의 현상을 보고 《농가월령가》 속에서 이해를 구하기도 했다. 《농가월령가》가 쓰이고 불리던 때와는 엄청나게 달라진 환경에 살고 있지만 이런 과정을 되풀이하면서 우리의 때와 철의 노래를 배워가고 찾아갔다.

봄은 2월 초에 시작되고 여름은 5월 초, 가을은 8월 초, 겨울은 11월 초에 시작되는 것을 나는 마흔이 넘어서야 알았다. 40여 년간 나의 봄은 3월에 시작되었고, 여름은 6월, 가을은 9월, 겨울은 12월에야 시작되었었다. 늘 제대로 된 시작을 놓치고 지내왔던 셈이다. 한 달의 차이, 그것은 '맞이함'이 없이 철부지로 살았음을 의미했다. 눈이 오고 땅이 얼고 찬바람이 부는 2월 초에 놀랍게도 봄은 시작되었다! 폭염으로 아무 일도 할 수 없는 8월 초에 가을은 시작되었다!

빛을 의미하는 철, 계절만 그런 게 아니었다. 나는 이곳에 와서야 비로소 매일 보는 달력에 일주일의 첫날이 일요일이고 마지막 날이 토요일임을 눈여겨보게 되었다. 예전의 내 삶은 일요일을 일주일의 마지막 날로, 쉬는 날로 무심코 여겨왔었다. 천지만물의 이치와 진실을 여든 한 자로 응축시킨 〈천부경〉에도 환오칠環五七, 즉 우리 삶의 주기에 오행五行과 칠요七曜가 있음을 가르치는데, 우리의 현인들이 아무렇게나 일주일의 주기를 정하진 않았으리라는 것을 다시금 생각하게 되었다.

최첨단 천문학 기계는 고사하고 망원경조차 제대로 없던 그 옛날, 선인들은 직관과 경험으로 태양과 달의 운행을 알아내고, 해와 달빛에 따라 천지만물이 나고 번성하는 것도 알아냈을 것이다. 그것을 자신들 삶에 적용하기 위해 《농가월령가》를 지었음을 깨닫게 되면서, 우리도 그 법칙에 따라 몸을, 삶을 세워가려고 애를 썼다. 그 정확성에 경이로워하면서.

우주의 때와 철의 운행은 그야말로 우주의 춤이요, 하늘 지휘자의 지휘에 따라 부르는 우주의 대합창처럼 여겨졌다. 우리도 그 아름다운 우주의 춤무리에, 장엄한 대합창에 끼고 싶었다. 잃어버린, 아니 기억조차 나지 않는 우주의 가락을 회복하고 싶었다. 그러면 우리의 몸이 사랑의 몸, 하늘과 땅, 사람이 하나되는 몸이 될 것 같았다. 하늘 지휘자의 지휘에 따라 대자연이 추는 춤, 대자연이 부르는 노래! 우리의 자고 일어나기, 농사 짓기, 아이 기르기, 이웃과의 만남도 그런 춤이고 노래이고 싶었다.

우리의 열망은 우선 철맞이 잔치를 준비하고 누리는 것으로 이어졌다. 해마다 2월 4~5일 경에 행해지는 봄맞이, 5월 6~7일 경의 여름맞이, 8월 7~8일 경의 가을맞이, 11월 7~8일 경의 겨울맞이가 그것이다.

자연계의 모든 몸들이 달라지는 리듬에 우리의 농사 짓기도, 배움의 내용도, 밥상의 모습도, 이웃 형제들과의 만남도 맞추려고 했다. 당연한 것이지만 우리가 구태여 애쓸 필요도 없이 저절로 달라져갔다. 어린 시절의 경험이 이곳에 오면서 생생하게 되살아났다. 해마다 입춘 때면 아버지가 봄의 시작, 한 해의 시작을 알리고 그날에 어디 돌아다니지 말고 가족들과 철맞이를 하라고 했던 기억이 있는지라, 입춘이 되면 우리는 비장하

삼 분간 이를 닦아야 한다고 하지만 원목이에게 그건 너무 긴 시간이다. 귀찮고 힘들지만 오빠들 중 누군가가 먼저 그만두기 전엔 칫솔질을 멈추지 않는다. 그것도 살짝 경쟁이다.

고 설레는 마음으로 온 가족이 붓으로 "立春大吉"이라고 크게 써서 문에 붙였다.

이것을 시작으로 한 해 우리 살림살이의 모든 것을 나누고, 올해도 만천하에 공평하게 주어지는 하늘의 축복을 고마워하면서 서로를 축복한다. 한 해의 새학기가 시작되는 입춘이라 아이들 단계에 맞게 학용품도 나누고, 입춘 전 장날에 사온 과일과 난로 불에 구운 떡을 싸서 사방으로 트인 남선이봉으로 온 가족이 봄맞이 잔치를 하러 간다.

온 누리에 가득 부어지는 밝고 밝은 봄빛! 사람들이 바빠서 받지 못하건 시시하다고 받지 않건 간에 겨울 내내 움츠리며 우리 삶에 꼭꼭 감추어둔 희망의 씨앗, 생명의 봄빛은 우리 모두에게 골고루 뿌려지고 있다. 바람은 사방으로 다니며 "깨어나라, 일어나라, 복받아 가라"고 알리는 전령 같고, 새들은 즐거운 목소리로 올 한 해도 새롭게 시작되는 우주의 춤과 노래를 가장 먼저 찬미한다.

한 해 한 해 우리의 막힌 귀가 틔어가는 것을 느끼고, 우리의 감긴 눈이 열리는 것을 느낀다. 땅속의 벌레도 씨앗도 나무도 짐승도 자신들에게 내려지는 하늘 복, 봄빛을 받고 바람의 소식을 듣고 깨어나 우주의 춤과 노래를 할 채비를 서두르는 모습이 보이고 들리는 것 같다.

벌써 네 해째 대자연이 추는 춤사위와 대자연이 부르는 노랫가락을 익혀보려고 버둥댔지만, 그러나 우리의 꼴은 아직 어설프기 짝이 없다. 엄청나게 느리게 진행되는 것처럼 보이는 그 자연의 리듬(율려)을 따라잡기가 얼마나 힘에 부친지 중간중간에 우리는 진이 빠져서 나동그라지기도 한다.

그러다가 한 번 더 해보자고, 이제야 사는 것 같다고, 흐트러진 모습을 바로잡으며 다시 대자연의 율려 속으로 뛰어든다. 춤꾼의 몸놀림이 달라져가듯, 노래꾼의 소리가 달라져가듯 고장 나고 뻣뻣하기 이를 데 없던 우리의 몸도 소리도 해마다 달라져가고 있음을 느낀다.

일년 중 가장 밤이 긴 동지 전후, 어쩌면 우리 몸은 그리도 밝아지는지. 일년 중 가장 추운 소한과 대한에 어쩌면 우리 몸은 그리도 뜨거워지는지. 입춘이 다가오면 또 우리 몸은 어찌 알고 그토록 밖에 나가 일을 하고 싶어지는지! 살찌고 부드러운 두릅의 새순이 눈앞에 어른거리면서부터는 더 이상 김장 김치도, 된장국도, 묵 나물도 싫어져 이제 푸르름의 맛을 찾게 된다.

선이골의 밤

선이골의 밤은 골짜기에 몰려오는 바람과 떼지어 파닥이는 솔새들과 함께 온다. 선이골의 밤은 논두렁과 밭두렁, 물가와 산등성이, 아이들을 긴장시키며 온다. 20, 30분 안에 완전히 해가 넘어갈 것을 알기에 "자, 어두워지기 전에 청소들 하고 씻고 저녁밥 준비하자"며 아이들을 집으로 불러모은다. 첫 번째 다그침이다.

"예, 알았어요! 애들아, 청소하자."

큰애의 목소리가 답한다.

해는 거의 다 넘어가고 골짜기에 몰려온 바람들이 여기저기 헤집고 다니면서 하루맺음의 때를 알린다. 싸늘해져 가는 공기, 어두워져 가는 선이골…… 나는 다시 다그친다.

"아그들아, 뭣들 하냐? 해가 다 넘어갔잖아. 빨리들 서둘러!"

그제서야 우루루 몰려와서 오 남매는 집안 청소를 한다. 어느 새 방 안은 어둑어둑하고 아이들은 잽싸게 정리하고 쓸고 닦는다. 바람은 마지막으로 기승을 부리며 아이들 등을 물가로

떠민다. 손과 발 씻는 것도 재빨리 마치고 벌써 방 안에 들어와 촛불을 켜고, 호랑이 새끼들마냥 서로 뒤엉켜 놀고 있다. 선이골이 완전히 어두워지고 바람은 떠나갔다.

열 평 남짓한 안방에 일곱 명 식구가 다 모였다. 하루 동안 사느라 여기저기 어지럽혀졌던 것들은 대강 정돈이 되었고, 집 안으로 들어오는 동쪽과 서쪽 문은 닫혔다. 큰아이 선목이가 하루 중 가장 좋아하는 시간이 돌아왔다. 전설 속의 시간이 돌아온 것이다. 선이골은 고요하면서도 부드러운 어둠에 쌓이고, 무쇠로 된 나무 난로에서는 참나무가 타닥타닥 타고, 온 가족이 모인 안방은 따뜻해진다.

벌써 이부자리까지 싹 깔아놓은 우리의 방. 그곳에서 한 시간 이내로 막내 원목이가 잠들 것이고, 주목이, 일목이, 화목이 연년생 삼 형제는 형과 어머니, 아버지를 관객으로 하여 씨름과 닭싸움, 권투, 팔씨름 등의 경기나 삼중창, 혹은 설교를 하면서 한바탕 우리를 웃길 것이다. 언젠가 외국인 목사의 설교를 동시 통역으로 듣고는 신선한 충격을 받았던지 일목이와 화목이는 그 모습을 곧잘 흉내 내고는 했다. 한 명이 영어 같지도 않은 이상한 말로 "쏼라 쏼라" 하면 그것을 그럴싸하게 통역해서 들려주는데 얼마나 죽이 척척 맞고 진지한지 보는 우리로서는 배꼽을 쥘 수밖에 없다.

"어머니, 오늘밤에 씨름 볼 거예요, 설교 들을 거예요?"

미리 물어본 아이들은 관객의 반응이 시원찮으면 그만두고, 보겠다고 하면 저희들끼리 쑥덕거리며 뭔가를 준비한다. 오늘은 둘째 주목이와 셋째 일목이가 선수가 되고 넷째 화목이가 심판이 되어 씨름판을 벌인다. 어느 날인가 기차를 기다리며 춘천역에서 잠시 본 텔레비전의 씨름 경기, 권투 경기를 재현하는 것이다. 짧은 시간에 쏟아져나오는 그 장면에 빨려들었을 아이들 모습을 상상하면 웃음이 난다. 경기하느라 지치고, 보면서 웃느라 지치면 곧이어 노래를 부르거나 시를 읊는다.

"살어리 살어리랏다 청산에 살어리랏다."

"가시리 가시리 잇고 날 버리고 가시리 잇고."

"어머니 아직 촛불을 켜지 마세요."

"산산이 부서진 이름이여."

시적 분위기가 방 안 가득해지면 저마다 "아흐 다롱디리" "얄리얄리 얄라셩 얄라리 얄라"를 읊조리며 이불 속으로 들어가거나 각자 자기 일을 찾는다.

내가 미련 없이 일하고 몸이 가벼운 날이면 아이들이 무척이나 좋아한다. 동서고금의 갖가지 이야기가 쏟아져나올 수 있기 때문이다. 고요한 어둠 속 촛불 밑에서 오 남매가 옹기종기 모여 앉아 전설 속 세계를 여

말 한 마리를 그려주었더니
금세 따라한다. 주목이가 손목에
힘을 주고 그려보지만 다들
실망인 눈치다. 해가 떨어지면
촛불 아래 모여 일기도 쓰고
책도 읽고 그림도 그리며 이렇게
하루를 정리한다.

행하게 되는 시간이다. 나 역시 아이들을 교육하며 가장 크게 비중을 두는 시간이기도 하다. 옛날 이야기 형식을 통해 아이들에게 온갖 양식을 쏟아놓는다. 언어, 수학, 과학, 역사, 음악, 종교 등등.

이야기 속으로 깊이 빨려들며 그것을 실제의 일처럼 느낄 수 있는 아이들의 놀라운 능력에 이야기하는 나마저 감동되어 빠져든다. 들음을 통해 만들어져 가는 아이들의 내면 세계…… 나는 이야기하고 듣는 과정을 통해 함께 느끼고 알아가는, 살아있는 마음으로 지식을 전달하고 전해 받을 수 있는 구전口傳 문화를 귀하게 여긴다. 무엇을 아는 것에 그치는 것이 아니라 앎이 곧 삶이 되게 하는 교육, 그 방법 가운데 중요한 것 하나가 구전 문화라 여기기 때문이다.

살림살이에 지쳐 여러 날 나의 이야기가 뜸해지면 첫째 선목이가 역할을 대신한다. 《임진록》《고려사》《어사 박문수》, 서정오 선생의 옛이야기 책을 가져다가 스승 흉내를 내면서 동생들에게 읽어준다. 동생들은 처음에 성에 차지 않아 툴툴대다가도 이야기 듣는 게 좋아서, 그리고 날이 갈수록 선목이의 옛이야기 솜씨가 늘어서 나중엔 온 가족이 이불 속에 누워 선목이의 이야기를 듣는다. 서너 번의 '앵콜'이 터져나오고 선목이가 도저히 목이 아파 얘기할 수 없을 때쯤에야 막을 내린다.

선목이마저 지치고 이야기보따리가 빈털터리가 되면, 다시 공부를 통해 재충전하기를 기대하며 음악을 듣는다. 노래 부르는 것이 일상이 된 뒤로 녹음된 음악도 좋아하게 되었다. 아이들은 음악에 대해서도 상당히 민감하다. 거의 본능적으로 소리를 구별할 줄 알고 흉내도 곧잘 낸다. 모든 소리가 잠든 선이골의 밤에 촛불 아래 옹기종기 앉아서 〈스텐카라친〉이나 〈새벽의 노래〉 〈어머니인 대지〉 등 무반주로 부르는 러시아 혼성 합창단의 민요를 감상하는 모습을 보노라면 카네기 홀에서의 음악 감상과 비할까 싶은 생각도 든다.

여덟시가 지나면 거의 대부분 잠자리에 들고 선목이는 혼자서 공부를 한다. 아홉시면 특별한 일이 없는 한 거의 모든 가족이 잠자리에 들어 난로에서 나무 타는 소리와 간혹 천장 위에서 쥐 한 마리 움직이는 소리만이 들린다.

고색창연한 밤, 어둠 속의 낡은 등잔불 하나, 헌신과 지성으로 빛나는 노장의 구도자, 때묻은 깃털 펜, 촘촘한 글씨의 두툼한 두루말이 책들…… 지적 열망에 사로잡혔던 사춘기 시절엔 꼭 그런 분위기에서만 진리가 나올 것 같은 느낌이 들어 종종 흉내를 내보기도 했는데, 바로 선이골의 밤이 그러하다. 하늘의 속삭임이라도 들려올 듯한 고요함, 깜깜한 밤하늘에 반짝이는 별빛은 노장의 손끝에서 나오는 군더더기 하나 없이 응결된 진리 같다. 선이골을 고고하게 비추는 달은 그 자체가 전설이다. 알려지지 않은 수많은 역사 속으로 우리의 마음을 인도한다.

하루 일과가 끝난 뒤에 오는 쉼과 온 가족이 함께 맞이하는 평화는 밤의 어두움과 고요함만이 줄 수 있는 선물이리라. 밤의 깜깜함에 둘러싸인 선이골은 신의 품에 안긴 것 같다. 우리 모두는 그 부드러운 품 안에서 서로 뒹굴고 노래하며 재롱을

환갑을 맞은 늙은 아비가 새벽에 일어나 아침맞이 말씀을 준비할 때, 밤이 되어 책을 읽고 공부를 할 때 늘 필요한 도구는 안경과 촛불이다. 지금은 안경다리가 없어 끈으로 묶어 쓰고 있다.

피우고, 하늘의 자장가를 듣다가 잠이 든다.

하늘은 이렇게 속삭인다. "내가 창공의 불을 껐다. 부드러운 밤의 이불은 내가 주는 안식이다. 자, 들어와 자거라. 내가 불러주는 자장가를 들으며 모든 염려와 근심, 두려움과 야망을 버려두고, 빈 몸으로 들어와 자거라. 내가 밤새 네 몸을 새 몸으로, 평화의 몸으로, 활기찬 몸으로 지어주마."

나는 밤이 주는 이 평화와 쉼이 떨릴 만큼 좋아서 선이골에 전깃불 들여오는 것을 알 수 없는 먼 훗날의 일로 미루었다. 해가 서산으로 넘어가며 우리에게 이제 그만 저녁 들 때라고 고하는 노을빛 인사, 산골짜기에 불어오는 바람의 춤과 솔새들의 지저귐, 우리의 시끌벅적한 하루맺음 동작들, 서서히 내리는 어둠과 이슬, 하나 둘 나타나서 반짝이며 인사하는 별들, 감청색 하늘에 드러나는 산등성이의 선, 따뜻한 방, 어둠 중에 빛나는 촛불, 하늘의 품에 안겨 꾸는 꿈……

이런 것들은 전기가 없음으로 해서 누릴 수 있는 축복이다. 전깃불이 없음으로 해서 우리 모두는 서둘러야 하고, 전깃불이 없기 때문에 천연 그대로 흘러가는 것에 우리의 삶을 맡겨야 하고, 맡김으로 해서 받게 되는 축복인 것이다.

먹는 것과 사는 것

선이골에 3월이 왔다. 생강나무 노란 꽃이 맨 먼저 꽃망울을 터뜨리며 참나무 연기에 찌든 우리 몸을 숲으로 유혹한다. 이때가 되면 우리는 선이골 동산에 가득해질 봄나물들로 설렌다. 선이골의 농사는 우리가 씨뿌리고 가꾸는 논밭 농사만이 아니라 하늘이 모두에게 베푸는 숲의 양식도 포함된다고 아이들에게 가르치는지라, 우리는 이맘때면 그 동안 산과 숲을 쏘다니며 거둬들인 숲의 양식들을 죽 살펴본다.

두릅, 고사리, 고비, 무릇, 수리취, 동자삼, 참취, 미역취, 개미취, 참나물, 모싯대, 다래순, 키다리, 돼지감자, 달래, 머위대, 갈퀴나물, 망초, 쥐오줌풀, 마, 마타리, 방가지똥, 질경이, 클로버, 쇠뜨기, 잔대, 짚신나물, 냉이, 칡, 둥굴레, 쑥, 뽕나무 잎, 별꽃, 구릿대, 화살나무 잎, 오디 잎, 명아주, 속속이풀, 미나리, 씀바귀, 기린초, 산초, 왕고들빼기, 민들레, 나비나물, 원추리, 돌나물, 엄나무 잎, 싱아, 머루, 다래, 도토리, 밤, 잣, 싸리버섯, 능이버섯……

"와, 많네. 우리가 일년 동안 이것들을 다 먹었단 말이에요?

우리 부자네!"

일목이가 놀랍다는 듯이 말한다.

"아니지. 아직도 우리는 게을러서 그냥 주는 것도 못 받아먹는 가난뱅이지. 게다가 골고루 다 받아먹은 것도 아니지. 어떤 것은 많이, 어떤 것은 적게, 누구는 맛있게, 누구는 억지로 먹었잖아."

"어머니, 올해는 부지런히 거두자요. 그래서 우리도 먹고 남들도 주자요."

화목이도 한마디 한다.

"난 동쪽 선이봉, 남쪽 선이봉, 북쪽 선이봉 다 돌아다니면서 고사리랑 두릅을 엄청나게 꺾을 거야. 그래서 이모한테도 보낼 거야."

"난 밤을 한 가마 주워서 외할머니한테 보낼 거야."

주목이와 일목이가 큰소리를 탕탕 친다.

서로들 얘기하다가 "누가 벌레만 잡았더라? 누가 꽃만 꺾었더라?" 하고 선목이가 형답게 한마디 한다.

"다른 건 다 놔두고 두릅만 딴 사람은 누구더라? 지난 가을에 밤은 줍지도 않았으면서 왕밤만 골라 구워먹은 사람은 누구더라? 고사리는 제일 많이 꺾고 하나도 먹지 않은 사람은 누구더라?"

"올해는 안 그럴 거야. 골고루 따고 잘 먹을 거야."

동생들은 머리를 긁적이며 변명한다.

"암, 그래야지. 안 그러면 데리고 다니지 않을 거야."

선이골 곳곳을 손금 들여다보듯 꿰뚫어보는 부지런하고 용감한 선목이는 숲의 양식을 장난처럼 대하는 동생들을 다그친다.

선이골로 들어온 첫해엔 농사 짓기보다 들로 숲으로 산나물 캐러 다니고 밤 주우러 다니기에 바빴다. 멧돼지들이 득실거리는 이곳에 기계 장비 하나 없이 맨손으로 밭을 일굴 생각을 하니 엄두가 아예 나지 않아 첫해엔 아무 생각도 하지 못했던 것 같다.

그런 우리에게 선이골 곳곳에 흐드러지게 널려 있는 갖가지 산나물은 얼마나 반가운 형제들이었는지 모른다. 사람의 때가 묻지 않은 순결한 몸들, 이들의 존재는 막막한 느낌에 사로잡혔던 우리에게 선이골이 참으로 살 만한 곳임을 증거해 주는 것 같았다. 농사 짓기를 감히 엄두조차 내지 못하는 우리는 이렇게 지천에 널려 있는 산나물만 채취하는 '채취 경제' 살림을 해도 되지 않을까 생각하기도 했다.

선이골 생활 두 해째는 산나물로 온갖 요리를 다 해보았다. 지지고 볶고 삶고 무친 갖은 양념의 채소 반찬들. 밥상이 모자랄 정도로 날마다 풍성하게 차려지는 반찬들. 그러다가 결국 탐욕과 미래에 대한 두려움으로 갖가지 김치와 산야초 차, 장아찌, 효소 들을 담았다가 거의 손도 대보지 못한 채 쓰라린 마음으로 땅에 묻어야 했다.

이런 행위들이 헛된 수고로움임을 나중에야 알았다. 내가 아무리 부지런을 떨고 온갖 화려한 양념을 한들 어찌 방금 따와 삶은 옥수수와 풋강낭콩, 그리고 갓 따온 오이와 토마토로 차

잡곡밥에 두어 가지 산나물과 국, 상추나 풋고추 놓고 "밥은 하늘이고 땅이며, 밥은 밥이어야 함" 을 이야기한 뒤 먹기 시작! 큰 양푼에 밥을 담아 같이 먹기 때문에 자기가 얼마나 먹는지 때론 알 수가 없다.

린 여름 오후의 밥상보다 맛날 수 있을까? 늦가을 배추와 무한 접시와 밤호박으로 차린 그 밥상보다 더한 가을 맛을 또 어찌 낸단 말인가? 긴 여름날, 일을 마치고 냇가에서 목욕을 한 뒤, 아직도 두 시간은 족히 누릴 수 있는 여름날의 밝음을 감사해 하며 온 가족이 저마다 따온 양식을 모아놓고 즐기는 그 만찬에 비할 수 있을까? 씨를 뿌리고 그것들이 자라는 동안 우리의 양식으로 제공되는 봄의 쑥버무리와 달래무침 한 접시…… 그 단순 소박한 맛은 또 어떤가? 토끼처럼 모싯대, 참나물, 원추리 등을 간장도 없이 맛있게 씹어 먹는 원목이의 미각을 어느 요리사가 만족시킬 수 있는가 말이다.

첫해엔 도시에서 살면서 느꼈던 자연식에 대한 허기로 무슨 맛인지도 모르면서 그냥 신기함 자체를 즐기며 이곳의 천연 양식을 대했다. 두 해째, 세 해째를 보내면서 우리의 입맛이, 우리의 몸이 이들 양식을 순결한 그대로 받아들이지 못함을 깨닫기 시작했다. 산야초의 그 강렬한 맛과 향기, 뻣뻣함을 우리 몸은 부담스러워했다. 거꾸로 산야초의 몸은 갖가지 인공적인 요리법을 거부하고 있지는 않을까 하는 생각도 하게 됐다.

3월 말 경부터 우리의 산나물 채취는 시작된다. 이때부터 단오까지 하루 두 끼 식사 가운데 한 끼는 쑥개떡으로 한다. 쑥개떡을 먹어본 적이 없어 어떻게 하는 줄도 모르는 내게 어느 날 일목이가 책에서 쑥개떡을 보고 와서 만들어달라고 졸랐다. 이름처럼 맛이 개떡일 것 같아 할 줄 모른다고 잡아떼고 그 대신 달래부침개를 해주곤 했는데, 일목이, 화목이, 원목이가 지들끼리 쑥을 뜯어다 쑥개떡을 만든다고 법석을 떨어 비로소 우리 집에 쑥개떡이 자리잡게 되었다. 먹어도 먹어도 질리지 않는 쑥개떡. 여기에 때로는 갓 캐온 달래와 돼지감자로 만든 샐러드 한 접시가 보태지고, 때로는 냉이 된장국, 때로는 모싯대, 키다리, 참나물 쌈이, 두릅나물 한 접시가 보태진다.

"살어리 살어리랏다. 청산에 살어리랏다."

"머루랑 다래랑 먹고 청산에 살어리랏다."

하늘 그리워하는 시인 아버지와 그런 아버지를 눈앞에 두고서도 그리워하는 일목이는 새봄에 쑥개떡 밥상이 차려지면 시흥에 겨워 서로 화답한다.

농사 짓기와 산나물 채취, 그리고 먹고 자기, 공부하기 등등 우리의 생활 전반을 곰곰이 생각해 보던 큰아들 선목이는 어느 날 "어머니, 우리는 먹기 위해서 사는 것 같아요. 농사 짓는 것도, 공부하는 것도, 산에 가고 장에 가고 밥짓고 설거지하고…… 모든 게 다 먹기 위한 거잖아요. 살기 위해서 먹어야 하는 거 아니에요?" 하고 물었다.

"먹기 위해서 산다?! 그럴까? 살기 위해서 먹는다면 산다는 건 뭘까?"

"……?"

선목이는 알 수 없다는 듯 고개를 갸우뚱한다.

"나는 말이지, 먹는 것은 사는 것이고 사는 것은 먹는 것이라고 믿어."

"무슨 뜻이에요?"

숲이 길러낸 먹거리가 어찌 달고 맛있지 않으랴. 게다가 하루에 두 끼를 먹기 때문에 아침밥은 정말이지 꿀맛이다. 일곱 식구에 혹시 손님이라도 올라치면 밥상 위를 오가는 숟가락, 젓가락은 더 많아져 딴 생각할 겨를도 없다. 먹는 일에 마음을 모을 수밖에.

"자네는 열 두 살, 아직은 답을 얻을 때가 아니고 끊임없이 질문을 할 때야. 다만 사람은 왜 먹는가 그 의문을 끈질기게 붙잡으라구."

다섯 아이의 어미로서 내게 가장 큰 관심은 가족들의 먹거리다. 금방 밥상을 치웠는데 한 시간도 채 안 돼 "아버지, 맛 좋은 거" 하며 노래 부르는 아이들 몸은 어미로서의 나의 본능을 끊임없이 일깨운다. 남편과 아이들의 몸이 어떤 몸이 될 것인지, 어떤 삶을 살아낼 것인지, 그것을 좌우하는 것이 내 손에 달려 있음을 어미로서의 본능은 직감한다.

서울에서 약국을 하며 수많은 성인병을 접하면서 "밥이 보약"이라는 오래된 격언의 진실을 깨달았고, 그래서 서울에서 우리의 밥상은 건강식 위주로 차려졌다. 몸에 좋은 것, 오염되지 않은 것, 아무리 비싸도 약값보다는 싸니까 먹는 것에 관한 한 돈을 아끼지 말자는 논리를 가지고 있었다.

인간의 때가 묻지 않은 산야초가 넘치는 이곳에선 건강식이 돈 한푼 들이지 않고 저절로 해결될 것 같았다. 하, 그러나 웬걸! 내게 유일하고 그만큼 견고하게 여겨졌던 그 지적 자부심은 이곳의 천연계 앞에서 간단히 무너졌다. 갖가지 미네랄과 영양이 풍부하고 거기다 대단한 항암 작용까지 하는 짚신나물의 떨떠름하고 강렬한 맛과 뻣뻣함을 도무지 양식으로 받아 안지 못하는 내 몸을 보면서 나의 지적 자부심이 착각임이 여지없이 드러났다.

먹는 것에 대한 나의 40여 년의 관념이 깨지기 시작했다. 봄이면 산나물을 뜯으러, 가을이면 밤이랑 머루, 다래, 버섯, 도토리를 주우러 온 숲을 헤집으며 다닐 때 항상 그림자처럼 붙어 내게 끈덕지게 물어오는 질문이 있었다.

'너는 왜 먹지도 못하는 산나물을 뜯냐? 그 어렵고 지루한 과정을 거쳐야 하는 도토리묵은 쑤어서 뭐 하려느냐?' 하는 등등의 물음이다.

"몸에 좋으니까"라는 논리로는 이 질문을 따돌릴 수 없었다. 어린아이들을 다그쳐 숲으로 끌고 다니며 양식을 주워 모으는 내 모습이 스스로도 한심스러워 보였다. 제대로 된 양식으로 삼지도 못하면서, 더구나 돈 한푼 만들지도 못하면서, 차라리 그 시간에 논밭에서 농사나 열심히 지으면 더 나을 것을, 그런 생각이 끊임없이 드는 것이다.

내 속은 그리 복잡해도 봄이 되면 내 몸은 어느새 숲으로 향해 있다. 무엇보다도 숲이 우리를 부르는 것을 어찌할 수 없다. 그렇다. 숲이 우리를 부르고 있는 것이다! 가시 하나 없는 살집 두툼한 두릅의 첫 순이 자기의 가장 아름다운 것을 뭇 존재에게 주려고, 갖가지 산나물도 독 없이 가장 부드러운 잎새를 뭇 형제들에게 주려고……

안 먹어도 그만일 한 접시의 두릅을 위해 이른 새벽 가파른 산등성이를 오르내리는 것은 선이골 4월의 두릅과 우리의 '만남' 때문이다. 이 '만남'은 즉석 식품에 길들여진 먹거리에 대한 우리의 태도와 입맛을 정화시켰다.

선이골 야생 식물 형제들을 세 해째 대하고 나서야 나는 먹는 것은 사는 것이고 사는 것은 먹는 것임을 알았다. 먹는 것, 사는 것은 곧 관계 맺기요 몸 짓기임을 알았다. 아이 낳기, 농사 짓기, 밥짓기, 설거지, 공부하기 등등 모든 것이 잃어버리고 부서져버린 그 하나됨을 향한 관계 맺기인 것을. 자기 몸을 내주어 다른 몸을 살리는 하나됨의 관계 맺기!

햇빛, 공기, 물, 산야초, 도토리 등 선이골의 양식을 날마다 먹으면서 우리 가족의 입맛은 우리 앞에 놓인 양식의 맛을 깊게 예민하게 느낄 수 있는 입맛으로 달라져갔다. 우리의 입맛이 달라져가는 만큼 사람들을 대하는 우리의 태도도 달라져감을 느낀다.

아, 지난날 나의 입맛은 얼마나 무례하고 이기적이었나? 나의 무례함이 질신나물의 맛을 몰라보고 그리도 부담스러워했음을 깨닫고 고개 숙인다.

아버지를 생각함

정농회 회원들과 약속이 있어서 남편은 홍성엘 가고 없다. 나와 아이들은 진작 눈을 뜨고서도 이불 속에서 꼼지락거린다. 더군다나 나는 어제부터 계속 설사를 한 탓에 기운이 없어 이불 속에 누운 채로 책을 보며 늦장부리는 아이들을 그냥 바라만 보고 있다. 집안에 아버지가 없으니 당장에 일상에 흐트러짐이 보인다.

나는 넘어진 김에 쉬어간다고 모처럼 주어진 이 기회를 통해 아이들의 자율성에 대해, 아버지의 존재에 대해 깊게 생각해 본다. 아이들에게도 그것에 대해 생각할 수 있는 기회를 주고 싶어졌다.

화목이가 더듬거리며 막내 원목이에게 톰 아저씨의 켄터키 옛집 영가를 다 읽어줌과 동시에 내가 입을 열었다.

"얘들아, 아버지가 없으니까 해가 중천에 떴는데도 이불도 개지 않고 청소도 않고 마냥 늑장을 부리게 되지? 아버지가 있을 땐 다그치기도 하고 아버지가 이불도 개고 청소도 하니까 우리도 따라하게 되었는데 말야."

"맞아, 아버지가 있었으면 더 일찍 일어나고, 세수도 벌써 다 했을 텐데……"

일목이가 맞장구를 친다.

"아버지가 홍성 가면서 아버지가 있거나 없거나 항상 함께 하기 때문에 우리에게 잘하라고 했는데. 아버지는 홍성에서 우리 생각하며 더 잘하고 계실 텐데."

주목이가 반성하는 듯한 목소리로 말한다.

"어머니도 아픈데, 아버지가 없으면 어머니를 도와 아버지 있을 때보다 더 잘하라고 했는데……"

선목이도 한마디 거든다.

이런 기회에 아버지의 마음을 다시 한 번 생각해 볼 수 있도록 내가 다시 한마디 한다.

"아버지가 없으니까 섭섭해서 자꾸 늑장을 부리게 되는 거야. 아버지가 없으니까 마음이 허전해서 아무것도 하기 싫어지지 않니?"

"우리는 식구 중에 한 사람이라도 빠지면 밥맛도 없고 힘도 빠져서 슬퍼."

화목이가 대답한다.

"그래, 지금부터라도 잘하자. 자, 늦었으니까 얼른 일어나 힘을 모아 대청소하고 아침맞이하자."

대부분의 날들을 하루 스물 네 시간 내내 온 가족이 함께 지내는 우리로서는 어쩌다 가끔 남편이 외지에 나가고 없으면 그 빈자리가 얼마나 크게 느껴지는지 아이들은 자기들도 모르게 그 허전함을 어찌하지 못하고 흐트러지고 만다. 그런 날이면 나는 여느 때보다 긴장하여 더 많은 일을 하게 되고, 공부나 옛이야기도 더 많이 하게 된다. 창고나 집안 대청소를 아이들과 함께 하면서 아버지를 기쁘게 해줄 소망으로 아이들의 허전함을 채우곤 했다.

오늘은 설사 탓에 기운이 없었지만 누워 쉬고 싶은 마음을 잠시 뒤로 미루고 아이들과 함께 대청소를 시작했다. 내가 비를 들고 집 안을 쓸자 선목이가 걸레를 빨아서 일목이와 화목이에게 닦으라고 시킨다. 선목이와 주목이는 여기저기 흩어진 물건들을 치운다. 금세 집안이 깨끗해졌다.

아침 열시도 넘은 시각. 아이들이 너무 배고파하기에 아침맞이를 하기 전에 아침을 먹는다. 배가 고프니 밥을 많이 달라고들 한다. 그런데 화목이가 금세 숟가락을 놓는다.

"아버지가 없으니까 밥맛이 안 나."

"그래. 정말 이상하지? 나도 먹기가 싫어. 아까까지 배고파 죽을 것 같았는데."

주목이도 맞장구를 친다.

"화목이 너는 아버지랑 밥 먹을 때 아버지가 반찬을 너무 많이 먹어서 네가 먹을 게 없다고 자주 말했잖아. 그런데 아버지 없으니까 반찬도 많이 먹을 수 있는데 왜 맛이 안 날까?"

나는 아이들에게 아버지의 존재와 온 가족이 함께 밥을 먹을 수 있다는 게 얼마나 놀라운 축복인가를 새겨넣는다.

"어떤 귀한 음식도, 잘 차려진 맛난 음식도 혼자 먹어봐. 맛

아비의 목소리는 낮지만 울림은 크다. 언제나 집안 구석구석을 다듬거나 어린 자식들이 할 수 없는 일들을 세심하게 마무리한다. 가끔 모닥불에 감자라도 구워내 주면 아이들은 더 신이 난다.

이 있을까? 사람은 이왕이면 맛있는 음식을 먹어야 하는데 가장 맛있는 음식이 어떤 음식일까? 사랑하는 사람, 보고 싶은 사람, 그리운 사람과 같이 먹는 음식이 가장 맛있는 거야. 자기를 죽이려는 사람과 진수성찬을 차려서 같이 먹어봐라. 맛이 있을까? 아버지도 너희를 사랑하고 너희도 아버지를 사랑하는데 지금 함께 밥을 먹지 못하니까 아무 맛도 나지 않는 거야."

막내 원목이도 "아, 나도 아버지가 없으니까 섭섭해서 밥맛이 없다"라며 내숭을 떨면서 밥을 남긴다.

"에잉, 너는 아침에 일어나서 이불 속에 묻어둔 어제 남은 밥 먹었잖아? 먹기 싫으니까 괜히 그래."

주목이가 그냥 넘어가지 않고 꼬투리를 잡는다. 내가 분위기를 그리 잡은 탓도 있겠지만 아이들은 아침 밥상에서 아버지의 비어 있음을 강하게 느끼고 있다. 다들 배고픔만 겨우 면하게 밥을 먹고 상을 치웠다.

"자, 이젠 아침맞이를 하자. 어머니가 기운이 없어 더 이상 앉아 있을 수 없으니까 너희들끼리 아침맞이를 해봐라. 어머니는 아무래도 누워 있어야겠다."

처음으로 아이들끼리 해보려는 아침맞이다. 내 몸만 생각하면 생략했으면 싶기도 하지만 그래도 이 기회에 아이들의 자발성에 맡겨볼 셈으로 나는 이불을 펴고 누웠다.

"오늘 누가 아침맞이 인도할 차례지?"

일목이가 묻는다.

"일목이 너잖아."

"그럼, 오늘의 말씀은 누가 하지? 선목이 형, 아버지 없으니까 아버지 대신 형이 해."

"난 못해."

선목이의 말이 끝나기가 무섭게 "놔둬! 내가 오늘의 말씀도, 기도도 다 할 테니까" 하고 일목이가 말한다. 그래놓고는 "어머니가 있으니까 부끄럽다. 우리끼리만 저 방에 가서 할까?" 한다.

"아냐, 그냥 여기서 해. 이건 놀이가 아니야. 아침맞이라구."

좀 강한 내 반응에 아이들은 당혹스러워하며 술렁였다. 나는 아이들의 술렁임에 살며시 새어나오는 웃음을 숨기며 못 들은 체 누워 있었다. 어린 오 남매는 방 한구석으로 가서 일목이의 인도로 아침맞이를 시작한다. 처음으로 자기들끼리만 해보는 것이라 꽤나 멋쩍고 쑥스러운가 보다. 아침 찬양도 너무 높게 음정을 잡아서 높은 음에서는 올라가지 못하고 도중에서 목소리들이 흩어져버린다. 가뜩이나 쑥스러운데 목소리마저 여느 때와 달리 흩어지니 자꾸 웃음이 터져나오려는 듯 노랫소리에 웃음기들이 밴다.

나는 누운 채로 "흠흠" 헛기침을 하며 엄숙한 기운을 보낸다. 그러면서 속으로 '저 어린 형제들과 함께 하소서' 하고 짧은 기도를 드린다. 아이들은 금세 평정을 찾고 부모와 함께 할 때보다 더 진지하게 아침맞이를 진행한다. 찬미의 노래와 묵상이 끝나고 드디어 '오늘의 말씀' 시간이다.

"오늘의 말씀은 아버지 대신 제가 하겠습니다. 오늘은 성경 말씀을 읽기로 하겠습니다."

일목이가 목소리에 힘을 팍 주고 말한다. 그러고선 새 번역 신약 성경책을 뒤적이는데 아뿔싸 어디를 어떻게 찾아야 하는지, 도대체 어디에 무슨 얘기가 있는지, 한번 멋지게 폼 잡고 아버지 흉내를 내려고 했는데 한참을 헤맨다.

"제대로 알지도 못하는 성경은 왜 꺼내서 한다고 그래? 그냥 목사님 설교하는 것처럼 너 하고 싶은 얘기 해봐."

주목이가 가시 돋치게 제안을 한다.

"이건 놀이가 아니니까 그러는 거야. 목사님 흉내 내는 건 놀이할 때나 하는 거지. 아침맞이 때는 아버지처럼 하는 거야."

"아버지가 성경책으로 오늘의 말씀 했냐?"

"성경책으로 할 때도 있었잖아?"

"그러면 새벽에 일어나서 묵상하고 연구했어야지."

잘 나가던 아침맞이 배가 암초에 걸려 실랑이가 벌어졌다. 터져나오는 웃음을 참지 못하고 나는 진지한 아이들의 모습에 찬물을 끼얹는 꼴처럼 웃고 말았다.

"그러면 어머니가 오늘의 말씀을 하마. 누워서 할 테니까 잘 들어라."

나는 예수의 산상 설교 중 "슬퍼하는 자는 복이 있나니 하늘의 위로를 받을 것이라"는 대목을 가지고 이야기를 했다. 세상은 슬픔이 불행이라고 하는데 성경에서는 왜 복이 있다고 하는지, 여기서 말하는 슬픔은 무엇이며, 어떤 사람이 슬퍼할 수 있는지 간단하게 들려주었다.

다음은 기도의 시간. 일목이가 처음으로 대표 기도를 한다. 홍성에 가신 아버지께서 그곳 사람들과 좋은 말씀 나눌 수 있게 도와주시고, 집에 오실 때까지 건강하고 안전하게 지켜주십사고, 우리도 아버지 오실 때까지 형제들끼리 서로 아끼고 사랑하며 어머니 말씀 잘 들으며 지낼 수 있게 도와달라고 두 손 모아 기도한다. 마음다짐의 시간과 〈천부경〉까지 마쳤다. 아이들이 다 놀란다.

"역시 일목이는 대단해. 나도 못하는 것을 동생인데도 잘한단 말이야."

형인 주목이가 칭찬을 하자 "나도 다 할 수 있는데 부치러워서(부끄러워서)" 라며 화목이가 머리를 긁적인다. 화목이의 제주도 사투리 한마디에 쑥스러웠던 아침맞이의 긴장이 웃음으로 한꺼번에 풀린다.

아, 내 어린 형제들이 이렇게 컸구나. 우리 부부가 부어주는 온갖 것들이 그래도 이 녀석들에게 들어가긴 하나 보다. 부모의 무지와 두려움과 조급함이 항상 자식과의 관계를 갈라놓으려 함을 다시금 생각한다.

아이들이 잘하건 못하건 다그치지 않고 실망하지 않고, 또 그렇다고 부추기지도 않으면서 오직 하늘이 정한 부모의 길을 가려고 쉬지 않고 노력하는 수밖에 다른 길이 없음을, 그리하면 하늘이 이 아이들을 자라게 하실 것임을 다시 한 번 확인한 날이다. 남편의 나들이와 나의 설사병으로 인해 받은 놀라운 축복이었다.

한 알의 쌀을 만나다

선이골 생활 3년째 되던 봄, 백 년 만의 혹독한 가뭄이라던 그때 우리는 원천리 사람들의 도움으로 세 마지기 정도 되는 논을 풀었다. 버드나무와 싸리나무가 무성한 묵은 논을 원천리 이종찬 씨가 포크레인으로 단 몇 시간 만에 새 논으로 바꾸어 놓은 것이다.

올망졸망한 아이들을 다섯이나 둔 사람들이 돈벌 궁리도 않으면서, 차도 없어서 어린아이들 등짐으로 먹을 쌀을 져 나르게 한다고, 자기네는 눈뜨고 그런 꼴 못 본다고 다짜고짜 다섯 명의 친구들과 함께 와서는 논을 만들어냈다.

이종찬 씨가 포크레인으로 논을 만들어나가면 이정태, 김남영, 김영삼, 최동수, 백재관 씨는 자기들 논에서 길러 온 모판의 모를 심었다. 허벅지까지 푹푹 빠져드는 산골 생수논. 논바닥에서 물이 끊임없이 솟아올라 가뭄중에서도 우리는 물을 빼가며 모를 심었다. 그들은 논 가래질한다고 트랙터도 가져오고 이앙기도 가져왔지만 기계 바퀴가 물에 빠져서 제 기능을 할 수 없었다. 하는 수 없이 원천리 형제들은 십수 년 만에 손으

아이들에겐 각자의 밭이 있다. 직접 심고 가꾸며 농사를, 자연을, 생명을 배워간다. 아직 다 무르익지 않은 아이들이지만 제법 힘이 들어가는 일도 너끈히 해낸다.

로, 그리고 우리 가족은 난생 처음으로 모를 하나하나 심었다.

우리 부부는 둘 다 제주도에서 나고 자란 탓에 특히 논농사에 대해서는 아는 바가 없어 우리가 먹을 벼를 심으면서도 그 모가 자라 식량이 될 거라는 사실을 실감하기 어려웠다. 물이 솟는 골짜기에서 김이 모락모락 나는 밥을 상상할래야 상상할 수가 없었다. 다만 농사의 근본이라는 논농사를 우리도 비로소 하게 되었다는 흥분과, 발이 푹푹 빠지는 논에서 처음 해보는 모내기 경험에 아이들과 함께 신기해 하며 깔깔댈 뿐이었다.

철없어 보이는 우리의 모습에 마음이 놓이질 않는지 수만 평 논농사를 하는 이정태 씨와 김남영 씨는 산골 논농사에 필요한 지식을 끊임없이 되풀이해서 들려준다. 그러나 우리는 알아듣지를 못한다. 논농사의 가장 기본은 물 관리이고 바닥에서 찬물이 올라오니 물길을 만들어 찬물이 벼에 닿지 않도록 물을 돌려서 논에 대어야 한다느니, 농약을 안 친다 해도 벼이삭이 잘 달리려면 두 번 정도는 비료를 쳐야 한다느니, 자식 가르치는 부모처럼 몇 번이고 강조하지만 경험이 없는 우리에겐 별 소용이 없는 얘기였다.

가느다란 저 풀 같은 모가 자라서 쌀이 주렁주렁 달린 벼이삭이 된다니, 이삭이 달린다 해도 그 이삭을 베어서 탈곡을 하고, 탈곡한 벼에서 찌꺼기를 제거하고 깨끗한 낟알만 모아 햇빛에 며칠 바짝 말리고, 바짝 말린 벼를 도정하고, 도정해서 쌀은 쌀대로 겨는 겨대로 분리하고, 쌀은 먹고 겨와 볏짚은 다시 거름으로 만들어야 한다니…… 아, 그 긴 과정과 그 긴 시간을 듣는 것만으로도 내 몸은 질려버리고 만다.

40년 넘게 날마다 먹어온 쌀이건만 정말 내가 이렇게 만들어진 쌀을 먹고 살아왔단 말인가? 순간 내 머리는 백짓장처럼 하얗게, 그야말로 백치가 되어버렸다. 나는 30분 정도 모내기를 하다가 금방 싫증이 나서 그만 했으면 했다. 일이 힘들어서라기보다는 한 번도 경험해 보지 않은 일이어서 내 몸이 그 과정을 견디지 못하겠다고 아우성을 쳐댔다. 초등학교 때부터 줄곧 "최소한의 시간으로 최대한의 효율을 내야 한다"는 근대화 이념에 길들여져 왔으니, 한 알의 쌀알이 나오는 그 길고 지루한 과정 앞에서 내 두뇌가 멈춰버리는 것은 어쩌면 당연한 것이리라.

나의 왼쪽 뇌는 오른쪽 뇌에다 대고 이곳에서 먹고살려면 이 일을 해야 한다고, 수천 년 동안 이 땅의 사람들은 그렇게 해왔다고, 처음엔 어렵지만 너도 할 수 있다고 논리적으로 설명을 하지만, 나의 오른쪽 뇌는 이것은 내가 모르는 바다, 나는 그렇게 살아오지 않았다, 다른 무엇, 이제까지 살아온 대로 편리하고 손쉬운 방법을 찾아보라고 왕고집으로 버티고 있었다. 내 팔과 다리의 모든 근육 세포들은 뇌에서 통일된 명령만 내려지면 땀 흘리며 일할 준비가 되어 있건만, 나의 골통 안에서는 복잡한 싸움이 계속되고 있었다.

'아, 어머니. 십대에 지식에 매료되어 일은 안 하고 공부만 하는 제게 당신은 일도 해본 사람이 한다고, 공부만 해서는 안 된다고, 공부도 때가 있는 것이지만 일도 때가 있는 것이라고

집 앞 텃밭은 아이들의 또 다른 놀이 마당이며 학습의 장이다.

하셨지요? 일이라곤 집안 청소, 빨래, 설거지 정도밖에 못해봤던 제가, 일도 아닌 것을 일이라고 여기며, 청소하고 빨래하고 설거지하는 것마저 귀찮고 시간 아까워했던 제가 이제 이런 불구의 몸이 되어 진짜 일 앞에 서게 되었네요.'

어쨌거나 참으로 막막했던 논 만들기와 벼 심기가 원천리 형제들의 도움으로 순식간에 끝나버렸다. 하루도 안 되는 시간에 선이골의 풍경이 달라졌다. 비록 소출이 적어도 바로 집 앞에 논을 만들어야 한다고, 집에서 조금만 떨어져도 우리 같은 사람은 감당하지 못한다고 그야말로 문전옥답을 만들어 파랗게 모를 심어놨다. 포크레인의 놀라운 위력을 기가 차게 경험한 셈이다.

원천리 형제들에겐 이런 것은 일도 아니다. 농사에 관한 일, 이런 산골 생활의 먹고사는 일이란 그들에겐 너무나 간단한 일이다. 하면 하고 안 하면 안 하는 분명한 일이다. 나처럼 머리 속이 복잡해져서 해야 되는 일인데 하지 못하고 하지 않아도 되는 일을 하는 그런 엉거주춤한 상태가 없다.

물론 그들에게 이런 일들이 간단할 수 있는 것은 포크레인과 트랙터, 이앙기, 그리고 오랫동안의 경험이 있기 때문일 게다. 농촌에 사람이 없어서 농사가 힘든 일이 되었지만, 그래서 부족한 노동력을 기계로 대신하지만, 그들은 농사를 힘들어할지언정 나처럼 막막해 하진 않으리라. 그것이 나의 몸과 결정적으로 다른 점이다. 원천리 형제들은 나와 비슷한 또래이면서도 괭이와 낫, 소에 의존해서 몸으로 농사를 짓던 어린 시절의 경험이 있다. 그들의 눈은, 그들의 팔다리와 두뇌는 나의 것과는 전혀 다르다.

똑같은 기계를 쓴다 할지라도 농사를 아는 몸이 쓰는 것과 그렇지 않은 몸이 쓰는 것은 크게 다르리라. 우리는 농사를 모르기에 기계 사용도 보류하고 있다. 농사를 모르고 어려워하는 내가 기계나 농약, 비료로 농사를 짓다가 이것마저 실패한다면 농사로 돌아갈 기회를 영원히 잃을 것 같아서이다.

나는 그 동안 머리로 일하는 것을 배웠고, 그들은 몸으로 일하는 것을 배웠다. 지금껏 살아온 환경과 전혀 다른 환경에 처하고 보니 내 몸은 아무것도 할 수 없고 내 머리는 뒤죽박죽 전쟁을 치르느라 하루도 조용할 날이 없다.

슬펐다. 논농사를 짓지 못하여 배고픈 것보다 내 이런 거품 인생이 너무 슬펐다. 내 몸에서 쌀 냄새가 아니라 돈 냄새가 나는 것 같아 슬펐다. 나의 어머니가 먹는 밥과 내가 먹는 밥도 다른 것이었다. 어머니는 쌀을 알고 밥을 아는 몸으로 밥을 먹었고, 나는 쌀도 밥도 모르는 몸으로 단지 먹을 수 있는 그 어떤 것을 먹어댔던 것이다. 40년 넘도록 세상의 지식과 지혜를 얻고자 발버둥쳐 왔지만 이 가공할 무지 앞에 오히려 공포를 느꼈다.

농사의 '농' 자도 모르는 내게 기계농이니 과학농이니 자연농이니 하는 것이 얼마나 표피적이고 사치스러운 말이었는가를 아프게 반성하게 되었다. 내게 논농사는 이렇게 묻는 것 같았다. 너는 무엇을 먹고 있느냐고, 네가 먹고 있는 것을 너는 아느냐고.

밭농사에 비하면 쉬운 논농사이지만 우리의 첫 논농사 경험은 엄숙한 존재의 문제에 직면하게 한 소중한 경험이 되었다. 원천리 형제들의 도움 없이 우리가 돈으로 기계와 사람을 사서 했더라면 어쩌면 영원히 놓칠 수도 있었던 기회였다. 하늘은 우리로 하여금 쌀과 몸과 인생과 시대를 알라고 백치 같은 우리에게 원천리 형제들을 보내셨는가 보다.

여름

오일장 사람들

"장에 가자. 오일장에 가서 오랜만에 사람도 만나고 필요한 것도 사오자."

아침맞이 알림 시간에 한 남편의 말에 아이들은 일제히 환성을 지른다. 특히 일목이와 화목이가 기뻐서 어쩔 줄 몰라한다.

"자, 조용힛! 우리가 왜 장에 가는가를 생각해야지. 일목이, 우리는 왜 장에 가지?"

"장에 가서 찐빵도 사먹고 톱도 갈고, 강아지, 토끼, 거위 새끼들도 보고 좋잖아요?"

"화목이, 너는 어떻게 생각해?"

"장에 가면 민아 아주머니도 보고 광준 아저씨도 보고, 과자 아저씨가 과자도 공짜로 주고 좋잖아요?"

"우리가 장에 가는 것은 단지 물건을 사러 가는 게 아냐. 우리가 사려고 하는 물건은 꼭 장날이 아니어도 살 수 있어. 이 땅에서 오일장은 단군 시대부터 쭉 내려온 맥이야. 각 마을마다 닷새에 한 번 장을 열어서 서로 만나 이야기도 하고 이야기하면서 배우기도 하고 가르치기도 했어. 그러면서 각자 가져온 것들을 자기가 필요한 것과 바꾸어 가졌지. 옛날 오일장과 지금 오일장은 많이 다르고 그 역사는 사람들 머릿속에 희미하게 남아 있을 뿐이지만. 우리도 장에 가면 만나는 사람들에게 예의 바르게 인사하고, 사람들이 하는 말과 행동을 잘 보고 들으면서 배워야 해. 알았지?"

"예!"

장에 가서 사올 물건들 품목을 적고, 아침 식사 든든히 하고 모두들 장에 갈 준비를 해댄다. 옷을 갈아입고, 거울을 보면서 머리에 물 발라 빗질하고, 한 사람씩 배낭을 메고 버스 시간을 점검하며 문단속을 한다. 산을 내려가 개울을 건너고, 마을에서 한 시간에 한 대씩 오는 시내버스를 타고 화천 3 · 8 오일장으로 간다.

아랫마을에 살 때는 거의 장날마다 갔었다. 30여 년 전 내 어린 시절의 즐거운 장날 추억을 아이들에게 주고 싶기도 했고, 낯선 곳의 생활이 외롭기도 해서였다. 하얀 머리, 하얀 수염의 남편과 갓난이 원목이를 등에 업은 며느리 같은 나, 그리고 오골거리는 네 명의 사내아이들에게 일제히 쏟아지는 시장 사람들의 호기심과 관심을 받으며 우리는 오일장에서 사람들과 만나기 시작했다. 텃밭조차 없었던 때라 이웃 사람들이 나누어주는 야채를 빼놓곤 거의 대부분 장에 가서 사다 먹어야 했다.

그러나 장에 가서 먹을 것을 사는 것보다 온 가족이 모처럼 잔치국수나 찐빵 외식도 하고—우리는 화천에 와서야 외식의 즐거움을 맛보기 시작했다—물건들을 사면서 사람들과 관계

화천 읍내에 오일장이 들어설 때면 가족은 모처럼 깨끗한 나들이옷에 가방 하나씩 둘러매고 집을 나선다. 물건을 사기 위함만이 아니다. 짧은 여행이기도 하고, 장터 이웃들과 못 다한 수다를 나누기도 하는, 바깥 세상과 소통하는 행위이다.

맺어가는 일이 우리를 더 설레게 했다. 온 가족이 배낭을 메고 나들이할라치면 노동리 사람들도 화천 사람들도 "오늘 장날인가?" 라고 말할 정도로 우리는 어느새 오일장 사람들이 되어 있었다.

화천 3 · 8 오일장은 우리에게 아주 소중한 또 하나의 학교이기도 하다. 다섯 명의 어린 형제들에게뿐만 아니라 우리 내외에게도 생동감 넘치는 학교다. 각종 나무와 화초와 작물의 모종을 만나고, 병아리, 강아지, 오리, 거위 등의 새끼 가축도 만난다. 추석이나 설 명절이면 대목장이 서서 더욱 북적댄다.

늦가을부터 초봄까지 장 한 귀퉁이에 앉아 톱을 갈아주는 아저씨가 있다. 땔감 나무를 해야 하는 가난한 사람들의 톱…… 한 자루에 만 원 하는 톱을 가는 삯이 5천 원이다. 처음엔 너무 비싼 것 같아 새 톱을 샀었는데 지금은 무디어진 톱을 갈아 쓰고 싶어서 아저씨네 단골이 되었다. 이곳에서 태어나 자라온 사람이면 스스로 갈아서 쓰는 톱을 우리는 그럴 엄두조차 내지 못한다.

남편은 톱 가는 아저씨를 선생님으로 모셔 아이들에게 소개한다. 사내아이들의 여덟 개 눈동자가 초롱초롱 빛을 내며 무디어진 쇠톱을 종이처럼 갈아내는 것을 신기하게 지켜본다. 아저씨는 자기가 아홉 살 때부터 시작해 온 톱 가는 이야기를 들려주며 아이들에게 톱 가는 방법을 가르쳐준다.

어머니와 아들 사이로 보이는 두 사람이 야채를 파는 가게에 들렀다가 "많이 줘라. 아이들이 많아서 반찬도 많이 해야 할 거야" 하시는 아주머니의 인정 어린 말 한마디에 감동하여 단골이 된 광준 씨네 야채 가게. 우리와 사이가 점점 깊어진 광준 씨는 어느 봄날 먹을 것을 잔뜩 싸 가지고 선이골로 봄나들이도 왔더랬다. 장마철엔 지붕에 물 샌다고 춘천 일대를 돌아다니며 폐비닐 장판을 있는 대로 모아오고, 나무가 젖어서 밥하기 어려울 때 가스로 밥하라고 가스 한 통 실어다주고, 난로 불 쏘시개 하라고 종이 상자들을 모아다주기도 한다. 광준 씨 부인과 그의 딸까지 우리와 친구가 되었다.

"포기하기가 어려워서 그렇지, 당신들처럼 사는 게 좋지."

이렇게 말하는 옷가게 여장부 아주머니. 옷을 살 일이 없는 우리는 그 가게가 있는지조차 몰랐지만 그 젊은 아주머니는 어느 날 아이들 옷을 챙겨 이웃 편에 보내왔다. 추석 대목장에 팔다 남은 거라며 입으라고 보내준 아이들 생활 한복이었다.

"자연 생활을 아무나 하는 게 아냐. 철학이 있어야 한다구."

멋쟁이 과자 장수 아저씨도 한 말씀 하신다. 장돌뱅이 생활이 좋아서 이 일을 한다는, 학구적이고 신세대적인 아저씨다. 그곳을 지날 때마다 빈손인 채로 보내는 법이 없어 늘 미안한 마음에 일부러 피하기도 하고, "우리는 아이들에게 과자를 안 준단 말이요" 라고 말할까 망설이기도 한다.

일차 가공 식품을 살 필요가 없어 들르지 않는데도 아이들에게 손두부 한 덩어리, 어떤 때는 옥수수빵 한 상자, 어떤 때는 떡볶이 떡을 안겨주시는 감자떡 가게 아주머니도 계신다.

아이 키우느라 힘들 거라고 쫓아와서까지 내가 입을 바지를 안겨주는 옷가게 아저씨. 서로 사고 팔지는 않아도 장 사람들은 오며 가며 인사 나누고, 아이들을 위해 축복을 해준다. 장을 한 바퀴 돌고 마지막으로 아랫마을 민하네 과일 가게에 와서 몸을 푼다. 민하 어머니가 깎아주는 사과를 먹으면서 오일장에 나온 이웃 형제들 이야기며 그간 지내온 이야기를 나눈다.

내 나이 열 살 때까지 경험했던 오일장의 만남과 배움을 30년이 지난 지금, 남편의 호위를 받으며 어린 다섯 아이들과 다시 맛본다. 각양각색의 사람과 각양각색의 물건과 각양각색의 사건과 이야기가 있는 오일장. 나는 어머니 치맛자락을 잡고 따라다니면서 어머니가 여러 사람들과 관계 맺어가는 것을 보았고, 그 관계 속에서 생활에 필요한 물건을 장만하는 모습을 보았고, 장에서 만나는 수많은 사람들이 나의 머리를 쓰다듬으며 부어주는 축복을 받았었다.

우리 다섯 아이들도 아무 관계가 없던 사람들과 부모가 어떻게 관계를 맺어가는지 보게 될 테지. 수많은 사람들이 보내주는 관심과 축복도 기분 좋게 받겠지. 모든 관계가 사고 파는 관계로 숨가쁘게 달려가고 있는 이 시대에 우리는 화천 3 · 8 오일장에서 매매당하는 삶이 아니라 어떻게 남을 살리고 내가 사는, 평화로운 삶을 살 수 있는가를 함께 고민하는 것이다.

네댓 개의 오일장 터를 돌며 장을 서는 장돌뱅이 사람들. 새벽에 가락동 시장에서 물건을 떼어다가 강원도 곳곳에서 장을 열고 닫는 사람들. 온몸으로 이 시대의 돈과 물건의 흐름을 겪는 사람들. 각양각색의 사람들을 대하면서 사고 파는 관계를

오일장 나들이를 마치고 선이골에 돌아왔다. 장에서 봐온 물건들을 펼쳐놓고 집 앞에서 말 그대로 기념 사진 한 장 찰칵!

너무나 잘 알게 된 사람들. 그래서 그 관계 이전의 '만남' 에 대한 진한 소망을 품고 있는 사람들……

장 나들이 초기엔 사람들이 우리에게 베푸는 인정을 잘 이해할 수 없었다. 우리가 한 바퀴 돌아 장을 봐야 3, 4만 원 수준이고, 그저 아는 얼굴 보는 것만으로도 충분히 고맙고 즐거운데, 오히려 그들로부터 공짜 물건까지 얻으니 몸둘 바를 몰랐다. 그들의 인정 어린 행위를 통해 물건에 대한 내 욕심과 이기적인 마음을 돌아보라고 하늘이 보내주신 천사들이 아닌가 하는 생각까지 했었다.

그렇다면 나는 사람들에게 무엇을 줄 수 있을지를 고민하던 어느 날, 나는 오일장 사람들의 마음을 조금이나마 이해하게 되었다. 광준 씨 가게에서 원천리에 사는 제희 씨와 그 친구 김수 씨를 만났다.

"제희 씨! 제희 씨도 여기 단골이야? 우리도 여기 단골인데……"

"나는 식당 할 때부터 계속 단골이에요!"

예기치 않았던 만남에 기뻐하는 제희 씨에게 광준 씨는 "단골 이상이지요. 우리는 대화가 통하는 사이거든요!" 라고 한다. 그렇다. 화천 3 · 8 오일장에 들어설 때 혹은 나설 때마다, '단골 이상' 이라던, '대화가 통하는 사이' 라던 광준 씨의 그 말은 언제나 내 마음속에서 잔잔하게 울려퍼진다.

까치독사의 가르침

"어머니, 어머니! 선목이 형 뱀에 물렸어요!"

화목이가 놀란 얼굴로 달려왔다.

"뭐라구? 뱀에 물렸다구? 선목이 형 어딨어?"

"짚신나물 잎 찧어서 손에 붙이고 숯가루물 먹는다고 물가에 있어요."

나는 하던 일을 멈추고 선목이에게 달려갔다. 주목, 일목, 원목이는 걱정스러운 눈으로 선목이를 둘러싸고 형이 하는 것을 지켜보고 있었다. 선목이는 아무렇지도 않은 듯이 숯가루를 물에 타고 있었다.

"무슨 뱀이야? 밀뱀이야, 독사야? 뱀이 어떻게 생겼어? 아프니? 세게 물었어? 어디, 어디 물렸어? 아, 조심하지 않고. 어쩌다가 물린 거야?"

너무 놀란 나는 속사포처럼 질문들을 쏟아냈다.

"무슨 뱀인지는 모르겠어요. 작은 뱀이에요. 하나도 안 아파요. 뱀이 손가락을 살짝 스치기만 했어요."

"안 되겠다. 주목아, 방에 가서 실 좀 갖고 와."

식구들 가운데 밥을 가장 잘하는 사람이 선목이다. 날씨에 따라, 때는 나무나 쌀의 종류 혹은 양에 따라 물과 시간 조절을 기가 막히게 잘한다. 물론 불도 잘 때고 옥수수나 감자도 잘 굽는다.

불안과 호기심에 가득 찬 눈으로 아우들이 자기를 지켜보고 있어서인지, 정말로 작은 뱀이 살짝 스치기만 해서 아프지 않은 것인지 우리 집 맏이는 태연하기만 했다.

내 평생 처음으로 겪는 일인데다 독사에 대한 본능적인 두려움 때문에 나는 겁이 났다. 뱀이 살짝 스쳤다는 오른손 둘째손가락을 실로 꽁꽁 묶었다. 피를 짜내기 위해 힘을 주었다. 무엇보다도 독사인지 아닌지를 확인해야 할 것 같았기 때문이다. 피가 잘 나오지 않았다. 아프다고 몸을 비트는 선목이에게 독사면 죽을지도 모르니 아파도 참으라고 다그치면서 계속 힘을 주었다. 손가락 끝에서 겨우 조금의 핏방울이 비쳤고, 바로 두 개의 이빨 자국이 모습을 드러냈다.

독사다! 나는 입이 얼어붙어서 오히려 조용해졌다. 아이들에게 아버지 모셔오라고 말하고 나는 콜라를 가져와 선목이에게 먹이고 발랐다. 지리산 땅꾼들이 독사에 물렸을 때 응급약으로 콜라를 먹고 발라서 위기를 모면했다는 것을 책에서 읽은 적이 있어 콜라를 비상약으로 놔둔 것이었다.

남편에게 아무래도 선목이가 독사에 물린 것 같으니 화천 보건의료원에 가야 할 것 같다고 말했다. 급히 집에 있는 돈을 챙겨 남편과 선목이는 화천으로 갔다.

'저녁이 다 되어가는데 의사가 없으면 어쩌지? 화천까지 언제 가나? 버스가 바로 없으면 기다려야 할 텐데…… 아, 하나님! 도와주세요.'

기도를 드리면서도 애가 탔다. 서둘러 화천으로 떠나는 아버지와 형의 뒤를 아우들은 어찌할 줄 몰라 자기들도 모르게 한참이나 뒤쫓아갔다. 형이 독사에 물려서 죽을지도 모른다고 생각하니 아이들은 겁이 났는지 다시 내게 우르르 몰려왔다.

꽈당!

"으아앙!! 어머니, 어머니! 아파요!"

달려오던 일목이가 집으로 들어오는 문턱에 걸려 일자로 엎어졌다. 왼손이 몸에 깔리고 납작하게 엎어진 일목이는 심상치 않은 소리로 울어댔다. 엎친 데 덮친 격이라고 이게 또 무슨 일이야? 평소에 약간 엄살이 심한 편인 일목이지만 꽈당 넘어지는 소리하며 울음소리가 엄살만은 아닌 것 같았다.

"어디 봐, 일어나 봐, 일목아. 울지만 말고."

"건드리지 말아요. 아파요, 너무 아파요."

몸에 깔린 왼손에 문제가 생긴 것 같았다. 아니나 다를까 넘어지면서 손목을 삐었다. 주목이, 화목이, 원목이는 뜨거운 여름날 오후에 연못에서 시원하게 물놀이하다가 갑자기 연달아 일어난 일에 넋이 나갔는지 아무 말도 못하고 놀란 눈만 끔벅거렸다.

선목이가 독사에 물린, 난생 처음의 일에 워낙 놀라고 겁이 나서 그랬는지, 일목이가 손목을 삔 것은 나를 더 이상 겁나게 하지 않았다. 주목이와 화목이에게 일목이의 손목을 두 손으로 잡고 팔을 올려서 계속 모관 운동을 시키라고 이르고는 나는 치자가루와 밀가루를 섞어 반죽을 했다. 일목이의 손목에 반죽을 붙이고 그 위에 부목을 댄 다음 20분 가량 모관 운동을 시켰다. 아픔이 좀 가시는지 일목이는 잠이 들었다.

남편과 선목이는 여덟시쯤에 돌아왔다. 선목이는 죽을까봐 있는 힘을 다해 달리고 그 어린 망아지를 남편은 허걱대면서 따라가는데 하늘이 보냈는지 이 근처에 마침 땅을 조사하러 온 춘천 법원 직원이 화천 의료원까지 차로 데려다주고 또 아랫마을까지 태워다주었단다.

그런데 문제는 의료원에서 일어났다. 막 퇴근하려는 의사는 자기가 독사 해독에 관한 한 잘 아니까 걱정하지 말라며 입원하면 된다고 했단다. 의료 보험료를 내지 못했기 때문에 우리는 당연히 의료 보험 혜택을 받지 못할 것이고, 거기다가 가져간 돈이 5만 원도 안 되어서 입원하라는 의사의 권유는 남편을 걱정스럽게 만들었다. 우리는 해독제 주사 한 대를 맞고 집에 와서 잘 쉬면서 여러 가지 자연 요법을 쓰면 될 거라고 생각했었다. 입원하는 것 외엔 달리 방법이 없냐고, 해독제 주사를 맞고 집에 가면 안 되느냐고, 우리가 처음 겪는 일이라 이것저것 문의를 했지만, 되풀이되는 말은 의사에게나 남편에게나 짜증스런 실랑이로 이어질 뿐이었다고 했다. 하는 수 없이 아무런 조치도 하지 않고 그냥 왔단다.

이를 어쩌나? 그런데 독사에 물린 지 세 시간 가까이 되는데도 선목이는 손등이 약간 부어오르고 뱀 물린 데가 조금 아프다고만 할 뿐 멀쩡하게 걸어다녔다. 그 모습을 보자 나는 그제서야 겁에 질려 멈췄던 머리가 돌아가는 것 같았다.

선목이에게 숯가루를 물에 진하게 타서 먹이고 안심을 시키면서 어쩌면 우리에게 멋진 경험이 될지도 모른다고 용기를 불어넣었다. 숯가루와 냉수를 거의 두 되 가량은 먹였으리라.

그러나 밤이 깊어지면서 선목이는 끙끙 신음소리를 내더니 잠 한숨 자지 못했다. 퉁퉁 부어오르는 손과 팔, 거기다 오줌은 쉴 새 없이 나왔다. 남편과 나도 선목이의 신음 소리에 온몸이 저려와 잠을 이룰 수 없었다. 여러 가지 요법을 책에서 찾아볼 생각으로 어서 날이 밝기만을 바랐다.

아침이 되자 선목이의 손은 가죽이 모자라서 더 이상 붓지 못하는 것처럼 팅팅 부어 있었고, 팔목도 통통하게 부었고, 겨드랑이엔 몽우리가 두세 개나 잡혔다. 남편이 밖에 나가서 버드나무 가지, 뽕나무 잎, 복숭아 잎과 어린 가지 조금씩을 잘라왔다. 이것들을 푹 끓여 그 물을 한 사발 먹였다. 그리고 사이사이에 미지근한 물을 계속 먹였다. 밤새 한숨 자지 못했던 선목이는 그러고 나서야 잠이 들었다. 한참을 잤다. 나는 그 사이에 밭에 나가 쇠비름을 캐다가 찧어서 그것을 손 전체에 바르고 천으로 싸맸다.

오후가 되면서 선목이는 견딜 만하다며 더 이상 욱신거리지는 않는다고 했다. 버드나무 가지 삶은 물과 냉수, 숯가루물을 번갈아 가면서 계속 먹이고 무조건 오줌을 많이 누어야 한다고 이르고는 나는 마을로 내려갔다. 마을 사람들 중에 독사에 물린 경험을 가진 사람이 분명 있을 것 같아서 그들의 경험담을 참고하고 싶었다.

우와! 아니나 다를까. 별의별 경험담이 다 쏟아져나왔다. 선

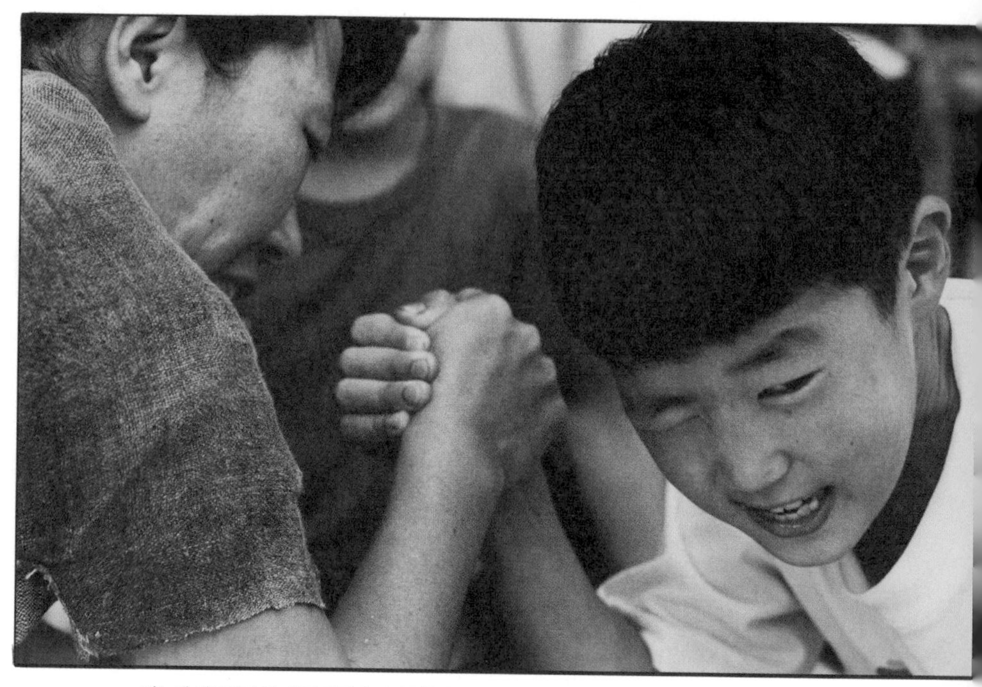

어느새 선목이의 팔 힘이 만만치 않아졌음을 어미는 팔씨름을 통해 느낀다. 지는 척 봐주던 여유도 이젠 부릴 수 없다. 그래도 부쩍 자란 큰아들을 지켜보는 게 든든하기만 하다.

목이에게 일어난 일을 모두 들은 마을 어른들은 걱정 말라고, 7월 뱀은 독이 그리 세지 못하고, 핏줄이 아닌 손끝 살이기 때문에 아파서 고생은 되도 죽진 않는다고, 선목이를 문 뱀은 까치독사라고 알려주었다. 여러 가지 경험에서 나온 요법들 중에 "지렁이 요법" 하나를 택해 집으로 돌아왔다.

밭에서 잡아온 꿈틀대는 산 지렁이 세 마리를 뱀 물린 손가락에 놓고 새어나가지 못하게 밀가루로 떡을 만들어 그 위에 씌웠다. 선목이의 뱀 물린 손가락은 붓고 또 붓다 못해 검게 변해 있었고, 보기에도 처참하리 만치 터져서 흐물거렸다. 그래도 선목이는 이제 아프지는 않다고, 다만 어지러워서 일어나지 못하겠다고 한다. 조로 물같이 옅은 미음을 쑤어줬지만 속이 메스꺼워서 그것도 한 숟가락 먹더니만 못 먹겠다고 한다. "지렁이 요법"은 자꾸 지렁이가 밖으로 기어나오고, 또 지렁이가 꿈틀대면서 물러터진 살을 건드려 쓰리다고 해서 그만두었다. 지렁이를 밭으로 보냈다.

원래 우리가 쓰던 방법만 되풀이하면서 사흘째가 되어 장에서 과일을 사다가 먹였다. 과일도 조금밖에 못 먹더니만 시간이 지나면서 조금씩 더 먹으면서 어지럼증도 가시고 오줌도 쉴 새없이 누었다. 이렇게 이레째 되는 날, 선목이는 거뜬하게 일어났다. 둘째손가락 첫마디의 상처 자국과 만지면 약간 아픈 느낌만 남아 있다고 했다. 선목이는 만 열 두 살을 향해 가는 때에 그렇게 "끝내주는 선물"을 받은 것이다. 계속 손목에 치자 찜질을 하고 부목을 대어서 한쪽 팔만 쓰고 지내던 일목이도 이레째가 되면서 거뜬해졌다.

"선목아, 일목아. 왜 이런 일이 너희들에게 일어났을까?"

"……?"

"그냥 아무 이유도 없이 뱀이 선목이를 물고, 일목이는 넘어져 손목을 삐었을까?"

만 열 두 살이 되어가는 선목이는 하루가 다르게 키도 자라고 힘도 세어지고 있었다. 그리고 이곳 삶에서 얻어지는 경험으로 자신만만해져 자기도 모르는 새 나에게나 아우들, 이곳을 방문하는 친한 사람들에게조차 조금씩 건방져지고 있었다. 꾀돌이 일목이는 은근히 그런 선목이를 재치 있는 말로 놀리고 긁려서 둘 사이에 종종 실랑이가 벌어지곤 했다.

7월 뜨거운 오후에 연못에서 큰 플라스틱 통에 아우들을 태우고 뱃놀이를 하다가 풀숲에 나타난 까치독사를 보고도 선목이는 자신만만하게 덤볐다. 아우들은 무서워서 도망가는데 형은 꼿꼿이 머리를 쳐든 독사에게 손가락으로 "저리 가, 저리 가" 하다가 물리고 말았던 것이다. 화가 난 선목이는 달려가서 독사를 죽였다.

일주일 동안 뱀이 남기고 간 독 때문에 고생하면서 선목이는 그 동안 자기도 모르게 교만해졌음을 두고두고 반성하고 후회했다. 세상에 태어나 두 번째 맞는 말띠 해에 좀더 겸손하고 진지하고 예의바른 사람으로 태어나야겠다고 모질게 다짐했다. 일목이는 박수를 치려면 형의 오른손도 건강해야 하고 자기 왼손도 건강해야 한다는 것을 깨달았다.

사춘기로 접어드는 선목이는 까치독사에게 놀라운 가르침을 받았고, 자기가 잘난 체하지 않으면 죽일 일도 없었을 것을 생각하며 독사에게 미안해 했다. 그리고 아우들의 "영웅"이 되었다!

옥수수 두 개면 족하다

7월 말부터 9월 말까지 우리는 옥수수를 먹을 수 있다! 이때가 되면 이틀에 한 끼 정도를 옥수수로 대신한다. 밭에서 금방 따온 옥수수는 날것으로도 고소하다. 거름이 부족하거나 가물어서 알이 띄엄띄엄 달린 옥수수는 그냥 날것으로 먹는데, 막내 원목이가 좋아한다.

여름 긴 해가 서산으로 기울 무렵 우리는 토마토나 오이를 따다가 삶은 옥수수와 함께 저녁 식사를 한다. 선목이와 주목이는 설거지거리가 없어 좋아하고, 나는 식사 준비에 특별히 신경 쓸 필요가 없어서 좋아하고, 남편은 천연의 맛을 느낄 수 있다며 좋아한다. 일곱 명의 식구들이 모두 내로라 하는 대식가들인데다 하루 두 끼를 먹으니 그 달고 찰진 옥수수를 얼마나 많이 쪄야 하는지는 불을 보듯 뻔한 일. 잘 익은 옥수수 마흔 개 가량을 쪄 밥상 한가운데 놓고, 이러한 축복을 주신 하늘에 고마워하며 주신 양식 욕심 부리지 않고 꼭꼭 씹어 잘 먹게 해달라고 기도한다.

미백색의 투명한 옥수수 알들, 뽁뽁거리며 씹히는 소리, 입

사내아이 넷의 우애는 남다르다. 365일, 24시간 대부분을 서로 섞여 지내는데다가 놀이와 공부,
집안 살림을 모두 함께 나누는 친구이자 동료이며 선후배이기 때문이다.

안 가득 번지는 달고도 기름진 맛, 여기에 갓 따온 토마토까지 곁들이면 '음—' 하는 황홀한 탄성이 절로 나온다.

주목이가 먼저 엄지손가락을 치켜올리며 "맛이 띵호아!" 하고 말한다. 선목이는 "내년에는 더 많이 심자요." 화목이는 "금방 따서 이렇게 맛있는 거야. 밖에서 사먹으면 무슨 맛인지 몰라." 일목이는 "아흐 다롱디리 고기도곤 맛됴타!" 원목이도 "어머니, 완전히 띵호아 맛이에요." 남편은 "감사! 감사! 정말 고맙습니다." 나는 아예 옥수수 맛에 취해서 할말을 잃는다.

수북히 쌓였던 옥수수는 금세 팍팍 줄어든다. 욕심쟁이 주목이가 맛있게 보이는 놈으로 골라 자기 앞에 가져다놓는다. 화목이도 따라서 가져다놓고, 일목이는 맛있는 것 다 골라간다고 불평을 터뜨린다. 옥수수 맛에 취해 있던 나는 크고 맛있는 옥수수를 서로 먼저 차지하려고 아옹다옹하는 아이들을 보며 두 눈을 번쩍 치켜뜬다.

"아니, 지금 뭣들 하는 거야? 모두 자기 앞에 갖다놓은 옥수수, 다 제자리에 놔. 싸우면서 먹는 사람은 먹을 자격이 없어. 있으니까 싸우는 거야. 없으면 싸우지 않아!"

아이들은 아쉬운 표정으로 자기 앞에 놓아두었던 옥수수들을 슬며시 바구니에 담는다.

"모든 잘못은 '나만, 나만' 하는 데서 생기는 거야. 나만 제일 많이 먹고, 나만 제일 맛있는 거 먹고…… 너희들은 전쟁하는 어른들이 나쁘다고 말할 수 없어. 그 누구도 사람 죽이며 전쟁하고 싶어하는 사람은 없어. 어릴 때 밥상에서 나만 맛있는 거 많이 먹으려고 하던 것이 그대로 자라서 전쟁하고 사람까지 죽이게 되는 거야. 여기 있는 옥수수 사이좋게 나눠 먹으면 우리 모두 다 같이 맛있게 충분히 먹을 수 있어. 그런데도 욕심을 부리게 되면 그런 사람은 반드시 망해. 어떻게 망하냐고? 욕심 부리지 않아도 될 것을 욕심 부리게 되니까 빼앗기게 되거든. 빼앗겨야만 욕심 부린 것을 알게 되니까."

나는 일장 연설을 늘어놓는다.

"자, 욕심 부리기 없기다! 고르지 말고 손에 잡히는 대로 그냥 먹어. 알았지?"

모두들 조용해진다. 그러나 더욱 빨라지는 입놀림. 드글거리는 눈동자…… 아, 그만큼 얘기했는데도 욕심을 부리고 있다. 꼭꼭 씹어 먹으라고, 옥수수의 맛을 온몸으로 느껴보라고, 여름의 맛이 얼마나 풍요롭고 경이로운지, 한 알의 옥수수가 수백 알의 옥수수가 되고, 한 개의 옥수수가 또 수백 개의 옥수수가 되는 그 신비를 음미해 보라고, 이것이 살아있는 공부라고, 씹지도 않고 아구아구 옥수수를 먹으면 그 옥수수 알들이 똥으로 다 그냥 나오지 않더냐고, 옥수수 식사를 할 때마다 나는 지겹게 강의를 해왔다. 그럼에도 삼키기에 바쁘고 다시 새 옥수수를 가져가기 바쁜 아이들. 아, 이 풍요로운 밥상에서 내가 한 말을 나라도 다시 음미해 볼 요량으로 천천히 되뇐다.

하늘의 은혜를 손으로 한 알 한 알 뜯어서 입안에 넣으면서 마치 하늘이 차려놓은 밥상에 초대받은 손님처럼 이 계절의 맛에 빨려 들어간다. 그런데 이 녀석들이 크고 맛있는 옥수수들

원목이의 입은 정말 작다. 말할 때나 노래 부를 때 그 입술의 진면목을 볼 수 있다. 그러나 먹는 것 앞에서는 그 입도 꽤나 커진다. 막내 원목이는 선이골 가족에게 가장 큰 선물이요 기쁨이다.

을 계속 먹어버린다. 쭉정이만 남을 것 같다. 이러다간 맛있는 옥수수를 더 먹을 수 없을 것 같다. 아이들은 벌써 네 개씩이나 맛있는 옥수수를 먹었고 나는 이제 겨우 두 개째 먹고 있는데 정말 이럴 수가 있나? 나는 잇몸이 약한 탓에 할머니처럼 옥수수 알을 손으로 하나하나 뜯어서 먹느라 속도가 늦다.

자식들은 다 이런 걸까? 팔 남매 키우느라 멸치 한 마리 통째로 먹어본 적이 없었다고 늘상 말씀하셨던 내 어머니가 떠올랐다. 이웃집에서 제사 음식을 가져왔을 때 나 혼자서 몰래 반 이상을 먹어치웠던 날, 어찌 그리도 염치가 없냐고, 너만 입이냐고, 버릇없게 이웃집에서 가져온 것을 알리지도 않고 먹었다고 호되게 꾸중을 들었던 내 여덟 살의 과거도 떠올랐다.

내 어머니는 마구 먹어대는 나를 보면서 얼마나 먹고 싶었을까? 내가 얼마나 야속했을까? 내가 사람 구실이나 할까 걱정도 되셨을 것이다. 아이들에게 지겹게 떠들던 말들을 나 자신에게 적용하다가 나는 깜짝 놀라고 말았다. 내 몸을 통해 나온 내 어린 새끼들과 먹을 것을 앞에 두고 은근히 신경전을 벌이고 있는 내 모습을 본 것이다. 내가 욕심 많은 줄은 알았지만 새끼들하고까지 먹을 걸로 싸울 만큼 이기적일 줄은 단 한 번도 생각해 보지 않았다.

아이들에게 꼭꼭 씹어 먹으라고, 좀 천천히 먹으라고, 맛있는 것만 골라 먹지 말라고 했던 말의 의도가 무엇이었나? 나도 먹어야 하니까, 나도 아이들 못지 않게 크고 맛있는 옥수수를 먹고 싶어서 그랬던 것이 아닌가. 나 역시 맛있는 것 앞에선 나도 모르게 먹는 속도가 빨라지지 않는가 말이다. 아이들은 체면을 생각지 않은 것뿐이고, 나는 어른으로서 체면을 생각하느라, 그래서 꼭꼭 씹으라고, 천천히 먹으라고, 욕심 부리지 말라고, 품위 있게 먹으라고 했던 것이 아닌가.

바탕에선 하나도 다를 게 없다. 아니 내가 더 꼴불견이다. 자식들에게도 이러는데 하물며 남편이나 다른 이웃 형제들임에랴! 아, 하늘의 은혜는 무슨 은혜, 하늘의 축복에 대한 감사 기도는 무슨 감사 기도란 말인가?

나는 그간 다른 사람들을 향해서, 세상과 시대를 향해서 이기적이라고 얼마나 많은 비판을 해왔던가? 그런데 나야말로 내가 가장 싫어하는 이기적인 인간이었던 것이다. 깊이 숨겨진 나의 이기주의 때문에 내 어린 형제들이 그토록 서둘러 먹었던 것을! 내가 말이 많으면 많을수록 더욱 조급해졌던 것을! 아, 어린 형제들이여, 많이 먹게나. 나는 두 개로 족하니 부디 꼭꼭 씹어서 천천히 맛을 음미하면서, 하늘의 주심을 고마워하면서 먹게나.

때가 되어 잘 익었으니 따서 먹어도 좋다고 옥수숫대에서 40도 각도로 벌어짐으로써 그 때를 알려주는 천연의 양식…… 그러나 이런 양식을 대하는 나의 태도는 너무나 인간적이고 이기적이 아닌가. 천연계를 천연의 법칙대로 대할 수 있는 몸, 하늘이 베푸는 양식을 하늘의 법칙, 사랑의 법칙으로 나누고 먹을 수 있는 그런 몸이 아니지 않은가. 자연농이니 유기농이니 건강식이니 자연식이니를 따지기 이전에, 교만하고 이기적인 나의 몸을 먼저 들여다보고 싶다. 자연을 찬미하기 이전에 자연을 자연답게 대할 수 있는 겸손한 나의 몸을 구한다.

오늘 나는 정말 하늘이 차려준 밥상에 초대받았나 보다. 그 밥상에 함께 초대받은 천사들이 깊이 감춰진 내 이기심과 교만을 보고 한마디 충고했나 보다. 당신이야말로 꼭꼭 씹어서 천천히 먹으라고, 저녁 식사로 옥수수 두 개와 토마토 두 개면 너무도 충분하다고 말이다.

손님을 맞으며

외진 선이골에 손님이 오셨다. 전화도 없고, 우체부도 들어오지 않는 이곳에 우리 가족이 어디 가지 않고 있어주기만을 바라면서 서울의 교통 지옥을 뚫고, 길 안내 지도를 봐가며 오신 것이다. 아이들도 우리 집 개들도 좋아서 소리치며 꼬리치며 반긴다. 남편은 먼길 잘 오셨다고 두 팔 벌려 맞는다.

우리의 일상에 잔잔한 파문을 일으키는 손님의 방문에 나는 갑자기 바빠진다. 손님 방문에 설레면서도 어떻게 해야 할지 몰라 부산한 수고로움으로 긴장한다. 여기저기 아이들이 흩어놓은 물건들, 당장에 손님에게 접대할 음식, 덮고 잘 이부자리에도 눈길이 간다.

가파른 산길을 올라오느라 헉헉대는 손님에게 우선 물 한 잔을 갖다드린다. 어찌 오셨을까? 배고프지는 않을까? 이곳이 불편하지는 않을까? 나만의 긴장된 생각에 갇혀 한 옥타브 높아진 소리로 아이들에게 어지러워진 집안 정리를 시키면서 소란을 떤다.

"밥은 먹었어요? 배 안 고파요?"

든든히 배를 채우고 나들이를 해도 마을에 가거나 오일장에 가면 금세 배고파지는 우리들 뱃속이 생각나서 제일 먼저 묻는 말이다. 아이들은 손님을 빙 둘러싸고 앉아 묻는다. 몇 밤 자고 갈 거냐고, 각시는 어디 있느냐고, 냇가에 고기 잡으러 가자고, 옛이야기 좋아하냐고…… 어리둥절해 하는 손님을 위해 남편은 아이들과 개들, 그리고 나의 자리를 정리하고 당신은 손님과 이야기를 나눈다.

나는 선이골에 있는 먹거리들을 죽 머릿속으로 그려내며 식사를 준비한다. 여름에 오는 손님은 얼마나 복받은 손님인가? 감자, 앉은뱅이 강낭콩, 옥수수, 밤호박, 참외, 오이, 토마토 등 온갖 산나물과 푸성귀가 가득하니 말이다. 선이골 생활 3년째가 되어 우리의 농사 짓기가 자리 잡기 시작하면서야 예기치 않게—대부분의 손님이 예기치 않게 올 수밖에 없지만—방문하는 손님을 조금은 느긋한 마음으로 맞이할 수 있게 되었다.

농사에 대해 무지한데다 노동력이라야 겨우 일곱 식구가 고작이어서 겨우 우리 먹을 만큼만 농사 계획을 세우는 우리에게 이웃마을 혜림 할아버지는 많이 지으라고, 남들도 먹일 수 있을 만큼 지으라고 종종 얘기했었다. 그러면 나는 '우리 먹을 것도 나오지 않는데, 어찌 남들 먹을 것까지 생각하란 말인가?' 하고 생각했다. 괭이 하나로 야산을 밭으로 일궈 사는 우리에게는 꿈 같은 이야기였다. 환상적인 맛의 밤호박을 한 해에 수백 통도 넘게 수확하는 혜림이네 집에 갈 때마다 팔 것도 아닌데 왜 이렇게 많은 밤호박을 심는가 의아했었다. 그뿐 아

셋째 일목이는 설교를 기가 막히게 잘한다. 특히 넷째 화목이와 찰떡 궁합이 되어 들려주는 영어 동시 통역 설교는 듣는 이로 하여금 배꼽을 쥐고 웃게 한다.

니었다. 토마토, 감자, 옥수수도 생각보다 많이 재배했다.

그것이 손님을 위한 것이었다는 사실을 나중에 알았다. 칠순을 바라보는 혜림 할아버지가 '꿈꾸는 소년' 처럼 느껴지고, 낯선 손님에게 자신들이 재배한 작물을 기꺼이 안겨주는 그들 가족이 참으로 따뜻하게 느껴졌다. 그 모습을 보면서 깊게 잠자고 있는, 아니 어쩌면 내 생애에서 한 번도 깨어나본 적이 없는, 모르는 형제들을 위한 나의 수고가 눈뜨기 시작했다.

우리를 찾아올 누군가를 위해 애써 작물을 가꾼다는 것! 생각만으로도 멋진 일인 것 같았다. 그래서 300여 평의 밭도 낑낑대며 겨우 일구던 시절에, 우리가 사다 먹는 한이 있어도 남을 위한 농사를 지어야 한다고, 아이들 교육에도 유익하다고 남편과 밤새 논쟁한 적도 있었다. 언제, 어떤 손님이 찾아와도 기꺼이 맞을 준비가 되어 있는 집, 낯선 손님을 아주 자연스럽게, 편안하게 맞는 열려 있는 집이 되었으면 싶었던 것이다.

혜림이네가 그렇다. 예고도 없이 들이닥치는 우리 일곱 식구들을 위해 이렇다할 법석을 떨지 않으면서도 한 상 가득 밥상을 차려오는 혜림 할머니와 혜림 엄마의 모습에서 누구에게나 열려 있는 집이 되려면 어찌해야 하는가를 배워간다.

선이골 생활 초기엔 어쩌다 손님이 오면 우리 일곱 식구만 사는 곳에 손님이 왔다는 사실 하나에 취해서 손님과 이야기를 나누느라 정신이 없었다. 어찌 왔는지, 지금 어떤 상태에 있는지 관심이 없다기보다는 그 사람이 지금 내 앞에 있다는 사실에 취해서 말쟁이 나는 말 자체가 되어 손님의 넋을 빼버리곤 했다. 이곳이 낯설고 불편하고 배고플 수도 있는데 그런 것도 아랑곳하지 않고 말이다.

꽤나 오랫동안 이런 일을 반복했지 싶다. 손님이 돌아간 뒤 나는 텅 빈 내 몸을 추스르느라 허우적댔고, 어려운 길 애써 왔던 손님의 섭섭해 하는 얼굴이 떠올라 힘들었다. 손님을 맞이할 줄 모른다고 서울 살 때부터 오랫동안 남편과 실랑이를 벌여왔던 것이 이곳에 오니 더 심각하게 불거졌다.

손님 대접 하면 제일 먼저 떠오르는 것이 음식이라서 요리책도 꽤나 봤었다. 그러나 흉내를 내려고 해도 나는 그 복잡하고 긴 요리 시간이 아까워 결국 포기하고 말았다. 그렇다고 차 한 잔에 과자 혹은 과일 몇 조각을 내놓는 것은 너무 싱거운 것 같고, 술상은 사람만으로도 취하는데 술로 취기를 더할 필요는 없겠다 싶고……

반찬과 과일까지 우리와 나누려고 죄다 준비해서 오는 이들도 있었다. 그래서 그들이 돌아갈 때까지 음식 걱정 하나 없이 지내건만 그래도 뭔가 채워지지 않는 게 있었다. 이곳을 찾아오는 객들과 우리 가족 사이에 있는 그 어떤 틈새, 그것의 정체가 무엇이었을까? 각양각색의 손님을 맞이하는 과정에서 음식이 중요한 게 아니라 그들을 하늘로 모시고 있지 않았음을 나중에 알게 되었다.

손님들은 왜 여기에 오는가? 그 바쁜 시간에 지겨운 교통 지옥을 뚫고, 전화 연락조차 안 되는 무심한 우리에게 왜 찾아오는 걸까? 찾아오는 사람마다 이러저러한 많은 이유들을 대지

“밥은 먹었어요? 배 안 고파요?” 미리 연락할 길도 없는 선이골에 손님이 오시면 제일 먼저 묻는 말이다. 소박한 밥상을 준비하는 내내 어미의 손길은, 마음은 즐겁기만 하다.

만, 공통적인 말은 "오고 싶었다. 보고 싶었다" 였다.

"나도 몰라요, 왜 그리 오고 싶었는지, 왜 만나고 싶었는지…… 다만 왔고 만났고, 와서 보니 차 소리도 나지 않고 공기 맑고 물맛 좋은 이곳에서 난로 굴뚝도 고쳐주고 땔감도 해주고 아이들하고 놀기도 하니 좋네요."

오히려 대접할 줄 모르는 나를 위로하는 손님들.

만남이란 무엇일까? 맞이란 무엇일까? 지금껏 살면서 전혀 예기치 않은 때에 전혀 모르는 사람을 온전하게 맞이해 본 적이 있는가? 반대로 내가 모르는 사람에게 온전한 맞이를 받아본 적은 있었는가?

나는 내가 아는 사람, 내가 좋아하는 시간에 내게 이익이 되는 사람만을 만나왔을 뿐이었다. 아니면 익명의 군중 속에서 내가 이벤트가 되어 만났을 뿐이었다. 맞이를 위해 애쓸 필요가 없었다. 습관과 그때그때의 편리한 선택만 있으면 족했다. 나도 바쁘고 너도 바쁜, 정신없이 돌아가는 삶의 급류 속에서 이것저것 따지며 만남이 어쩌고 맞이가 어쩌고 헤아릴 여유가 없었다. 만남을 향한 그리움과 소망의 씨앗이 죽어가는 줄도 모르고, 속절없이 삶이 사그라져가는 줄도 모르고 살았을 뿐이다.

이곳에 와서 모르는 형제들을 예기치 않은 때에 맞이하면서 내 몸이 얼마나 뻣뻣하게 굳어 있었던가를 깨닫는다. 음식의 문제도, 이것저것 널려 있는 집안 꼴도 실은 문제가 아니었다.

"물을 조금 가져오게 하사 당신들의 발을 씻으시고 나무 아래서 쉬소서. 내가 떡을 조금 가져오리니 당신들의 마음을 쾌

활케 하신 후에 지나가소서. 당신들이 종에게 오셨음이오니이다."(〈창세기〉)

어떤 이가 찾아와도 이렇게 맞이할 수 있길 꿈꾼다. 우리 모두 나그네의 몸으로 왔다가 가는 긴 인생의 순례길에 우리 가족이 잠시 머무는 이 선이골에 또 다른 나그네가 언제 어떻게 찾아와도 편안하게 쉬고 갈 수 있도록 하고 싶다.

집안을 살피고 이부자리를 햇빛에 가져다 넌다. 돌작밭에 자갈들을 골라내며 씨앗을 뿌리고 가꾼다. 모르는 우리 형제들이 언제 이곳에 들르려나. 그 어느 날 돌연히 이곳에 하늘이 오시려나. 이곳에 오는 길목으로 눈길을 돌린다.

나들이의 참맛

“얘들아, 콩밭과 고구마밭 김을 다 매고 나면 우리 나들이 가자! 김을 다 매는 날이 나들이하는 날이야, 알았지? 장마 시작하기 전에, 너무 더워지기 전에 나들이해야 하니까 힘들어도 열심히들 하자. 그전에 끝마치지 못하면 이번 나들이는 할 수 없어.”

참외 씨앗을 뿌린 뒤로 그것들이 한 자 정도 자랐다. 이제 경쟁하듯 빠른 속도로 자라는 풀들을 뽑아줘야 한다. 이 일을 마치면 농사의 반은 끝난 것이나 다름없다. 그러면 느긋한 여유를 가지고 석 달 동안 밭 갈고 씨 뿌리고 김 매느라 긴장했던 수고도 풀고 그 동안 느끼고 익혔던 삶을 이웃들과 나누기 위해 우리는 먼길 나들이를 간다. 아이들은 일제히 흥분하고 설렌다. 당장 내일이라도 떠날 양으로 선목이와 주목이는 호미와 낫을 들고 콩밭으로 달려간다.

나들이를 앞둔 일주일 동안 나는 우리와 만나게 될 형제들에게 줄 산나물, 도토리 가루, 말린 밤, 미숫가루 등을 챙기고, 한 달에 세 번 정도 가는 오일장을 한 번으로 줄여서 모은 비상

금으로 차비를 계산한다. 아이들은 낮에는 밭에서 풀들과 씨름하고, 밤에는 지도와 여러 가지 책들을 펼쳐 나들이 갈 곳에 대해 저희들끼리 토론한다. 다섯 아이들이 먹고 자느라 방문하는 집에 너무 큰 부담을 주는 것은 아닌지 걱정하는 내 마음을 읽기라도 하듯 아이들은 사람들을 기쁘게 해줄 양으로 저희들 나름의 선물—노래, 연극, 경기 등의 공연—을 준비한다.

나 혼자 100평 가량의 고구마밭 김을 다 매는 동안 오 남매는 나와 경쟁하면서 150평 콩밭의 풀들과 씨름했다. 과연 해낼까 싶었는데, 흉내만 내도 봐줘야지 했는데 다 해냈다. 낯선 곳으로 순례할 준비를 이제 마쳤다. 순례의 참맛을 누릴 수 있는 느긋함을 마련한 것이다.

나들이에 들떠 부산한 아이들에게 남편은 아침맞이 때마다, 아침 식사 때마다 나들이의 의미에 대해 새기고 또 새긴다.

"왜 우리는 나들이를 가는가? 구경하러? 재미있으니까? 아니면 그냥? '왜' 가 중요한 거야. 여기 기웃, 저기 기웃 하면서 뭐 재미있는 거 없나 구경만 해서는 안 돼. 우리는 구경꾼으로 나들이하는 게 아냐. 우리는 우리 형제들과 이웃들을 만나러 가는 거야. '만나다' 그게 무슨 뜻인지 그 뜻을 어릴 때부터 깊게 생각해야 해."

일주일 내내 뙤약볕에서 풀과 씨름하면서 부풀리고 부풀렸을 미지의 세계에 대한 설렘…… 둥지 안의 새 새끼 같은 아이들은 무엇을 기대하고 있을까?

막내 원목이까지 자기 발로 거의 대부분의 길을 다니게 될

먼 길 나들이만큼이나 좋은 건 장터 나들이다. 볼거리도 많지만 선이골에서 맛볼 수 없었던 꽈배기 도넛이나 팥빵, 칼국수, 만두 등을 오랜만에 먹을 수 있기 때문이다. 당연히 아이들의 발걸음엔 날개가 돋는다.

즈음이 되면서 우리들은 계절에 한 번씩 수학 여행삼아 먼길 나들이를 시작했다. 봄이 되어 농사 시작하기 전 3월에, 씨앗들을 뿌리고 농사 짓기 반을 마친 7월 초에, 장마와 늦더위가 지나 작물들을 마지막으로 손질하고 추수하기 전 9월에, 추수도 김장도 겨울 준비도 다 끝낸 12월 초순에, 2박 3일, 4박 5일, 때로는 6박 7일까지도 나들이를 떠난다.

저마다 등에 배낭 하나씩 짊어지고 선이골의 산길을 한 시간가량 걸어 마을로 내려간다. 그런 다음 시내버스를 타고 화천까지 간 뒤 다시 춘천 가는 시외버스를 탄다. 춘천에서 청량리까지 기차를 타고 서울 아는 사람 집에 가서 하룻밤 묵고 아래지방으로 가기도 한다.

어디를 가나 보통 네다섯 번은 차를 바꿔 타야 한다. 그러다보니 선이골에서 아침 일찍 출발한다 해도 목적지에 도착하면 해질녘이 된다. 20년 가까이 서울의 원터치 생활 방식에 길들여진 나는 처음엔 어린 다섯 아이들을 이끌고 나들이할 것을 엄두조차 내지 못했다. 더구나 고등학교 때 전국 일주 수학 여행을 한 뒤 어디를 가나 다 똑같은 모습이 시시해서 어디 나다니는 것 자체를 포기해 버렸기에, 파닥거리는 새 새끼 같은 어린아이들을 이끌고 낯선 곳으로 나들이한다는 게 여간 부담되는 일이 아니었다.

그러나 내 몸이 선이골의 몸으로 변하면서, 또 사내아이들이 점점 자라 미지의 세계를 날아보고자 작은 날개를 파닥이게 되면서 낯선 곳으로의 나들이는 시작됐다. 나는 경험 많은 어미

새가 되고, 아이들은 어미 새에게 나는 것을 배우는 새끼 새가 되어서 먼 곳 나들이를 하는 것이다.

집의 개들과 오리, 거위 등 짐승들 밥을 챙겨줘야 하고, 또 연락 안 되는 이곳에 사람들이 모처럼 애써 찾아왔다가 실망하고 돌아갈지도 몰라 남편 혼자 남아 집을 지킬 때도 있다. 그러면 아이들은 혼자 있게 될 아버지를 위해 기도하고, 숨겨두었던 사탕을 주기도 하면서 자기들이 없는 조용한 집에서 공부 많이 하시라고 위로한다.

나들이 일주일 전부터 설렘은 시작되고 선이골을 떠나면서부터 우리는 충분히 익은 설렘의 맛을 음미한다. 가파른 산길, 흙먼지에 나들이옷이 더러워지지 않게 아이들은 서로를 조심시키며 재잘재잘 먼 순례길에 펼쳐볼 자기들의 작은 날개를 파닥인다. 멀미하면 어쩌나 하지만 저희들끼리 귀동냥한 멀미 방지 방법들을 서로에게 알려주며 촌놈 긴장한 모습으로 각자의 자리에 앉아 차가 떠나길 기다린다.

춘천까지 오면 우리의 몸은 이미 낯선 세계의 순례자가 되어 있다. 아이들의 눈이 점점 커져 왕방울이 되고, 아이들의 귀는 솥뚜껑만큼이나 커져 모든 소리를 받아들인다. 보이는 사람마다, 보이는 것마다 굉장한 화젯거리인 다섯 명의 아이들은 쉬지 않고 보고 또 듣는다. 춘천에 도착해 보면 방금 열차가 떠나 한 시간을 기다릴 때도 있다. 그래도 우리는 춘천역 주변을 어슬렁대면서 오고가는 사람들 한 사람 한 사람을 뜯어보고 그 사람들 모습 속에서 시대를 읽기도 하고 듣기도 한다.

열차 여행은 얼마나 느긋한가? 열차 좌석에 서로들 마주보고 앉아서 집에서 마련해 온 고구마나 옥수수, 때로는 주먹밥을 먹으면서 우리는 선이골에 혼자 남겨진 아버지와 짐승들, 그리고 이제 가게 될 낯선 곳에 대해 이야기한다. '빠빠보이' 일목이는 언제 가져왔는지 자기 지갑에서 아버지의 사진을 꺼내 보면서 훌쩍거리기도 한다.

우리 일곱 식구끼리만 선이골에서 일하고 공부하고 놀다가 모처럼 그 모든 일상의 리듬에서 벗어나 전혀 다른 리듬의 세계로 가는 것이다. 나의 어린 새들은 자기들이 다 알아서 물 마시고 화장실 찾아 용변 보고 때론 참기도 한다. 낯선 곳에서 길을 잃지 않으려면 바짝 긴장하며 쫓아다녀야 하고, 나들이하는 기회를 빼앗기지 않으려면 정신 똑바로 차려 움직여야 한다.

순례의 대강만 말해 주고는 아무 말 없이 성큼성큼 걸어다니는 내 뒤를 쫓아다니며 다섯 아이들은 쉬지 않고 재잘거리면서도 딴 짓 하지 말라고 서로 주의를 주기도 하고 빨리 움직이라고 다그치기도 한다. 나의 눈과 귀는 아이들의 말 한 마디 한 마디, 몸짓 하나하나에 집중되고, 그 동안 아이들이 선이골에서 자신들을 얼마나 키워냈는지를 선이골 밖의 다른 환경 속에서 꼼꼼히 지켜본다.

선이골 일상과는 너무도 다른, 서울 사는 이웃들의 일상을 함께 겪어보고, 선이골에서 옛이야기로만 듣던 조선의 역사를 국립박물관에 전시된 유물을 통해 더 자세히 알아가기도 한다. 많은 사람들과 한자리에서 강의를 들어본 적 없는 아이들을 데리고 과학 세미나에 들르기도 하고, 외국인 박사가 나와 동시 통역이 따라붙는 세미나에 참석하기도 한다. 그래도 모든 것이 신기한 아이들은 서너 시간 동안 어른들 틈에 끼여 꼼짝 않고 열심히 듣는다. 선이골에서 생각하고 느끼고 공부했던 것을 서울의 이웃이나 어린이집 사람들과 나누기도 하고, 우리처럼 대도시를 떠나 시골 생활을 하는, 그러나 우리와는 생활 방식이 또 다른 형제들의 새로운 삶을 맛보기도 한다.

며칠이 흐르고, 이제 다시 선이골 우리들의 둥지로 돌아가야 하는 시간. 차 소리, 냉장고 소리, 보일러 소리, 심지어 형광등 소리에 멍멍해진 귀와 밤이 되어서조차 온갖 것을 보느라 껄껄해진 눈으로 피곤해 하는 아이들. 이때쯤이면 선이골의 한가로움, 부드러운 이불과도 같은 밤을 그리워한다. 다섯 아이들은 지저분해진 옷과 양말, 소지품을 챙기며 다시 선이골로의 출발에 마음이 설렌다.

언제나 기대한 것보다는 조금 못한 체험들을 하지만, 그래도 한 계절 지나면 나와 아이들은 또다시 낯선 세계로의 나들이를 꿈꾼다. 먼길, 낯선 삶과 낯선 사람 속에서 낯선 경험을 하면서 이 시대를 살아가는 자기 자신을 돌아보고 우리가 사는 시대를 읽고 배우면서, 또 선이골의 삶을 다른 여러 곳의 형제들과 나누면서 우리가 걸어가야 할 길, 살아야 할 삶을 분명히 하는 즐거움을 누리는 것이다. 자가용이 없기에, 가난하기에 최소한의 경비만을 가지고 우리의 최고 재산인 '시간'을 넉넉히 쓰면서 마음껏 보고 듣고 겪는다.

모처럼의 서울 나들이. 가끔은 원목이랑 단 둘이서만 외출을 하기도 한다. 익숙지 않은 서울 도심의 풍경은 원목이에겐 작은 모험의 대상이다.

다섯 명의 어린 새들은 고요하고 한가한 선이골 둥지로 돌아와 순례길에서 겪었던 각양각색의 삶의 보따리를 풀어놓는다. 다음 순례 때까지 어린 새들은 각자의 보따리에서 이야기들을 하나씩 끄집어내 끊임없이 재잘거린다. 그 보따리의 이야기가 바닥이 날 즈음이면, 또 자기들의 날개가 그만큼 더 커질 즈음이면 더 멀리 더 높게 날아보려고 새로운 순례 계획을 짠다. 그렇게 나들이에서 몸으로 겪는 온갖 가지 것들은 우리 일곱 식구만 살고 있는 외딴 선이골의 삶을 넉넉하고 열린 삶으로 이끌어준다.

가장 아름다운 옷

아, 빨래! 날마다 쌓이는 빨래. 며칠 만에 또 한 짐이 되었다. '내일 해야지, 내일 해야지' 하다 보면 빨래는 산더미가 되고 만다.

40여 년을 사는 동안 물질 문명의 이기 중에 유일하게 세탁기를 고마워한 때가 있었다. 서울 봉천동에서 약국을 운영하면서 연년생으로 낳은 아이 셋 모두가 기저귀를 찰 때였다. 족히 백 개는 되는 기저귀가 방 안에도 거실에도 주렁주렁 널려 있었고, 이불이란 이불은 오줌 지린내로 절어 있었다. 손에도 발에도 뱃속에도 아이들이 달린 몸으로 일층 약국에서 사층 살림집으로 오르락내리락 살아야 했던 그 시절, 아침저녁으로 한 짐씩 되는 기저귀를 깨끗하게 빨아주는 세탁기가 눈물나게 고마웠다. 넷째 화목이가 기저귀를 떼자 세탁기에 대한 고마움도 희미해지고 세탁기는 그냥 집 한 귀퉁이를 차지하는 도구로 돌아갔다.

서울을 떠날 때 혹시나 하고 세탁기를 가지고 왔고 아랫마을에서는 일년 동안 사용하기도 했지만, 선이골로 들어오면서는

옷은 사실 거추장스런
치장일 뿐이다. 숲에서 아이들은
그냥 훌러덩 벗어제친 몸으로
돌아다닌다. 창피할 것도 없다.
치장하지 않고 제 모습 그대로
보여주는 건 숲도 마찬가지니까.

남아 있던 일체의 가전 제품을 다 버렸다. 전기도 들어오지 않으니 쓸 수도 없었지만 입을거리에 있어서는 지나치리만큼 실용적이고 간편했던 나로서는 내 손으로 일곱 사람의 빨래를 하는 것이 그다지 큰 문제로 여겨지지 않았기 때문이기도 했다. 더구나 여기저기서 줍거나 얻은 옷들이 많아 빨래를 급하게 해야 하는 경우도 거의 없었다.

그러나 선이골에서 빨래를 하면서 나는 점점 힘에 부쳐 하고 있었다. 일곱 사람의 빨래를 혼자 하다 보니 힘이 들어 그런 것이려니 했지만 그것만이 전부는 아니었다. 빡빡 문질러 햇빛에 바짝 말린 옷이건만 언제나 깨끗하지 못하다는 느낌, 일을 하거나 공부를 할 때마다 입은 옷들이 걸리적거리는 것 같은 편치 못함…… 세탁기가 빨래를 대신 해줄 땐 결코 가져보지 못했던 이 느낌들이 빨래를 더욱 힘들게 했다.

산더미 같은 빨래를 하루종일 해서 녹초가 된 날은 그 당혹스러움이 더 했다. 그런 날은 애써 빨아 잘 보관해 두었던 옷들을 과감히 처분하기도 했다. 가급적이면 사고 파는 일을 하지 않기를, 적어도 돈 벌어서 옷을 사는 일은 없기를 바라는 마음 때문에 당장은 필요 없지만 만일의 경우를 생각해서 쌓아둔 옷들…… 그러다 보니 옷들이 너무 많아졌고 옷이 귀한 줄 모르게 되었다. 당장 필요가 없는데도 미래에 대한 두려움과 그 두려움에서 비롯된 물욕 때문에 쌓아둔 것이 아닌가.

아무도 방에 들어오지 못하게 하고 나 혼자서 모멸감에 싸여 방 하나 가득 옷들을 펼쳐놓고 정신없이 처분할 옷을 골라냈다.

속이 메슥거릴 정도로 두세 시간 몰두해서 옷장의 옷을 절반으로 줄이고 나자 내 머릿속 쓰레기도 반으로 줄어든 듯한 느낌이 들었다. 그래도 여전히 옷을 입을 때마다 사라지지 않는 그 어떤 느낌은 남아 있었다. 화학 섬유로 지어졌거나 디자인이 이곳 생활에 어울리지 않는, 소위 유행을 따른 디자인의 옷을 더 골라내 처분했다.

그러다 어머니가 물려준 옷들에 눈길이 갔다. 절약이 몸에 밴 나의 어머니, 그분의 체취가 배어 있는 옷이라 내가 나이가 들면 입거나 혹시 입지는 않더라도 간직하리라 생각해서 쌓아 둔 것들이다. 이 옷들 가운데 나름대로 멋져 보이는 것을 골라 올캐언니처럼 여기며 마음 나누는 이웃 마을 아주머니들께 선물(?)로 드렸다. 웬만큼은 정리가 되었고, 천연 섬유 옷과 단순하고 질기고 따뜻한 옷, 어머니가 입었던 속옷과 실용적인 옷, 4년 전에 돌아가신 아버지의 옷과 언니들이 입던 옷만 남았다.

그래도 빨래를 할라치면 여전히 뿌리 뽑히지 않은 채 남아 있는, 입을거리에 대한 뭉클거리는 혼돈은 여전했다. 왜 손으로 빨래하는 일이 신나는 기쁨이 되지 않는가, 육체 노동의 힘듦을 잊게 할 만큼 아름다운 옷이란 어떤 것인가, 왜 이리 옷이 넘쳐나는가 하는 깊은 의문이 내 어깨를 더 짓눌렀다.

어느 날 나는 너덜너덜해지고 구멍까지 난, 어머니가 입던 팬티를 빨면서 그 느낌의 정체를 알게 되었다. 이 낡은 팬티를 버려야 하나 말아야 하나 망설이던 중에 나는 그 동안 정체불

화목이가 빠져들듯 촛불을 바라보고 있다. 전기가 들어오지 않기 때문에 햇빛이 사라지면 촛불만이 선이골을 밝혀주는 유일한 빛이다.

명의 옷들을 빨고 있었음을 깨달은 것이다. 정체불명의 옷들…… 내 손으로 직접 사지 않아서가 아니다. 내 손으로 직접 만들지 않아서도 아니다.

내 생애에 가장 아름다운 옷으로 기억되는 것은 내가 대여섯 살 때 어머니가 장만해 준 색동저고리—그것이 나의 유일한 먼 길 나들이 옷이었다—와 초등학교 1학년 겨울에 어머니가 큰맘 먹고 장만해 준 빨간색 앙고라 스웨터—옷이 작아져 도저히 몸에 들어가지 않을 때까지, 빨간색이 다 바랠 때까지 입고, 나중에는 풀어서 큰언니가 자기 두 딸에게 스웨터를 해 입혔다—그리고 열 살 때 대학에 다니던 큰언니가 여름 방학에 사다 준 하얀색과 주황색으로 된 원피스였다. 몸집이 커지면 옷을 늘여 입고, 늘여도 안 되면 잘록한 채로 입었다. 아이들이 놀려대도 상관하지 않았다. 작아지는 옷들을 말할 수 없이 안타까워하며 입을 수 있을 때까지 입었다.

그때 내가 입었던 것은 사랑이었으리라. 백 명도 더 되는 친척들의 삶을 챙기면서 과수원 일을 하느라 자는 것 외엔 휴식이 없었던 어머니…… 그 어머니가 늦둥이 막내딸을 위해 모처럼의 여유를 내어 예쁘게, 따뜻하게 준비했던 그 마음을 입고 자랐던 것이다. 태어나기 전부터 나를 기다리며 언니로서 꿈을 꾸었던 큰언니의 마음을 입었고, 언제나 그들 마음에서 떠나지 않는 나에 대한 관심과 사랑을 입었던 것이다.

그런 옷들을 우리 아이들에게 입히기는 이미 어려운 일이 된 것 같다. 어디를 가나 옷들이 넘쳐나서 내 손으로 직접 옷을 만들어 입히건, 사서 입히건, 그 누가 선물을 하건, 그냥 주건 간에 옷의 홍수에 휩쓸려 우리 아이들은 이미 자기들이 입고 있는 옷의 의미를 깊게 간직할 수 없게 되어버렸다. 나 역시도 이제는 그런 옷을 입을 수가 없다.

아, 우리가 입는 옷이란 대체 무엇인가? 입고 있는 옷이 아무리 멋있고 세련되고 비싸다 하더라도 몸을 그냥 감싸고 있는 거적 같다는 느낌을 지울 수가 없다. 그랬다. 이것이었다! 빨래할 때마다 나를 힘들게 했던 것은 옷을 빠는 게 아니라 거적을 빨고 있다는 느낌! 언제든지 버릴 수도 있고 언제든지 다른 것으로 바꿀 수도 있는 거적, 어쩔 수 없이 걸쳐야 되는, 여기저기 넘쳐나는 거적, 빨자니 힘들고 안 빨자니 찝찝하고 버리자니 아까운 거적, 내가 빨아야 했던 것은 정체불명의 거적에 대한 속절없는 내 심정이었다.

집에서 빨래해서 더 힘이 드나 싶어 빨래를 수레에 싣고 아이들과 냇가에 가서 빨아봐도 사라지지 않던 그 숨겨진 느낌은 바로 이것이었다. '관계' 를 잃어버린 채 아무 기준도 없이 오직 유행만 따라서 수도 없이 만들어지는 옷들……

선이골에서 손으로 농사를 지어 하루가 다르게 자라는 오 남매를 먹이는 것보다 가만히 있어도 넘치는 옷의 홍수 속에서 오 남매를 '제대로' 입히는 것이 내게는 어렵다. 조선 옷을 입힐까? 그냥 편리한 옷을 입힐까? 건강 의복을 입힐까? 내가 만들어서 입힐까?

아니, 영원히 잊혀지지 않을 사랑의 옷을 입히고 싶다. 나도 그런 옷을 입으며 살고 싶다. 아무리 빨래가 산더미 같다 해도 휘파람을 불며 빨 수 있는 사랑의 옷 말이다. 빨래하는 것이 그 안에 깃든 사랑의 역사를 깨끗이 하고 보살피는 일이 되는 그런 옷, 비록 낡고 유행에 뒤떨어졌다 해도 사랑으로 포근하고 사랑으로 가볍고 사랑으로 아름다운 옷, 아끼고 고쳐서 형이 동생에게 주고, 결혼해서 아이들에게 물려주고, 그 아이들이 또 자식들에게까지 물려줄 수 있는 살아있는 옷을 입히고 싶다. 형의 사랑, 아버지의 사랑, 할아버지의 사랑, 하늘의 사랑을 입으면서 살았으면 좋겠다.

나는 오늘도 그런 옷을 꿈꾸며 힘든 빨래를 참는다. 옷으로 넘치는 시대지만 어린 시절 내가 입던 그런 옷조차 입을 수 없는 우리 아이들에게, 아름다웠던 옷의 역사를 들려주면서 '빛의 옷', 사랑의 옷을 소망하는 마음만을 입힌다.

풀과의 전쟁

선이골 생활 3년째 되던 해, 비로소 뿌린 씨앗의 결실을 볼 수 있었다. 그러기 위해 우리 가족은 몇 차례 풀과의 전쟁을 치러야 했다. 풀의 성장과 곡식의 성장, 얼마나 숨가쁜 경쟁인가?

선이골에 처음 들어왔을 때 이곳은 버려진 야산이었다. 괭이와 낫, 호미만으로 이곳저곳 300여 평 가량을 일구고 거기에 씨를 뿌렸다. 한편으로는 엄청난 수확을 기대하면서도 다른 한편으론 과연 싹이 날까 하는 의구심도 있어 뿌려야 할 씨앗의 다섯 배, 아니 열 배는 족히 뿌렸던 것 같다. 그런데 뿌려진 씨앗들은 신기하게도 다 싹이 났다. 숨이 막힐 만큼 촘촘하게.

과감하게 솎아줘야 알찬 결실을 맺을 수 있다는 것을 머리로는 알면서도, 어린 싹들이 숨 막혀 하는 것을 눈으로 보면서도 나는 어떻게 해야 할지 몰라 감히 손을 대지 못했다. 농사를 지어보지 않은 서투름과 무지, 거기에 수고하지 않고 결실을 보려는 욕심까지 더해져 빚어낸 어처구니없는 일이었다.

삐질삐질 자라는 작물들, 그리고 그 사이사이 풀들까지 일어서기 시작했다. 거의 대부분 먹을 수 있는 풀들, 어떤 것은 보

아이들은 흙에서 놀고 흙을 만지고 흙에서 난 것을 먹으며 저절로 흙의 생명력을 느낀다. 어느새 아이들도 농사꾼이 다 되었다.

편화되진 않았지만 항암 기능이 탁월한 풀도 있었다. 우리가 기르는 작물과 그보다 훨씬 잘 자라고 상품 가치도 있어 보이는 야생초 가운데 무엇을 택할까 고민하기도 했다. 둘 다 가지고 싶은 욕심에 풀들로 효소를 담았다. 그러나 뿌리째 뽑아도 금세 돋아나는 야생초의 성질과는 전혀 다른, 인간에게 수천 년 길들여진 작물의 성질을 전혀 몰랐던 나는 몇 병의 효소와 목욕용으로 쓸 쑥을 얻는 대신 작물 농사를 거의 망쳐버렸다.

나는 내 손으로 직접 효소를 만들면서 효소가 만들어지는 전 과정—상품화하는 과정만 빼고—을 경험하고는 고스란히 땅에 묻어버렸다. 나의 무지와 욕심도 땅에 팍팍 파묻어버렸다. 그렇게 풀과의 첫 만남은 무지와 욕심 때문에 고생만 하다가 처참한 실패로 끝났다.

선이골 생활 두 해째, 이미 개간된 땅이라 씨뿌리기가 훨씬 쉬웠다. 첫 만남에서의 실패를 만회하려고, 또한 무지에서 조금은 벗어났다는 자신감으로 남편은 이른 새벽부터 손에 물집이 잡히고 까지기를 되풀이하면서 700여 평 가량의 새 밭을 일구었다. 천여 평 땅 여기저기에 이것저것 뿌릴 수 있는 씨앗은 다 뿌렸다. 씨앗의 양도 적당하게, 간격도 널찍하게 뿌렸다. 첫해에 비해 똥거름도 듬뿍 줬다.

이제 뿌린 씨앗들에서 싹은 당연히 날 것이고, 남은 것은 풀을 열심히 뽑는 일뿐이라고 생각했다. 제일 좋아하는 옥수수 밭부터 열심히 뽑았다. 효소고 뭐고, 약초고 뭐고, 당장에 반찬거리가 될 만한 것만 따로 뽑고 나머지 풀은 다시 땅으로 돌아가라고 작물들 뿌리에 덮어주었다.

씨앗을 뿌린 지 한 달쯤 지났을까? 초벌 김매기를 우리의 승리로 치러냈다. 아, 힘차게 자라나는 곡식과 야채들! 곧 7월 무더위와 장마가 찾아왔다. 줄줄줄 비 맞고 모두모두 자랐다. 줄기차게 자랐다. 그러나 장맛비로 흙들이 떠내려가고 곡식들의 뿌리는 드러나고 키 큰 옥수수까지 넘어지고 채소들은 물러 터졌다.

그 와중에도 야생초들은 얼마나 강인하게 잘 자라는지…… 조금만 김매기를 해도 땀은 줄줄 흘러내리고 쇠파리들이 달려들어 약 올리듯 콕콕 쏘아대고는 도망간다. 긴 이랑 하나의 풀을 뽑는 데만 30분은 족히 걸렸다. 닭의장풀을 뽑아 고구마밭 이랑에 버렸는데 그것은 사나흘이 지나면 줄기에서 뿌리가 생겨 꼿꼿하게 일어나 있었다. 풀을 뽑아야 할 밭들은 아직도 많이 남아 있는데…… 아, 그 인내라니, 그 느린 속도라니! 부글부글 끓어오르는 조급함이라니!

알곡을 먹으려면 김을 세 번은 매야 하는데, 벌써 두 번째 김매기에서 이번 농사 짓기도 실패할 것을 엿보는 것 같았다. 그렇게 많은 씨앗을 뿌렸는데…… 콩과 팥 밭은 호랑이가 새끼를 칠 만큼 무성한 풀숲이 되어버렸다. 옥수수, 감자, 고구마, 호박, 고추, 야채 조금을 제외하고 나머지는 포기했다. 첫해에 개간했던 300여 평의 작물들만 간신히 건졌다. 초겨울이 되었을 때 옥수수, 감자, 고구마, 고추는 벌써 다 먹어서 없고 수십 통의 호박만 남았다.

혼자 서성이기 좋아하는 주목이. 숲 안에 덩그러니 놓인 아이는 꿈을 꾸고 있는 걸까? 혹시 시 한 구절 떠올리고 있는 건 아닐까?

작물을 수확하기 위해 야생초와 두 해째 격전을 치르고 나서야 나는 조금 느긋해질 수 있었다. 긴 겨울, 다가올 봄에 뿌릴 씨앗들을 갈무리하면서 길고 추운 겨울을 견딜 수 있도록 하는 내 삶의 씨앗은 무엇인가 돌아보았다. 40여 년 동안 농사는 고사하고 흙조차 제대로 밟아보지 못했던 나 자신을 돌아보는 시간을 가진 것이다.

이것은 지난날을 근본적으로 반성할 수 있는, 바로 나 자신을 수확하는 시간이었다. 그 시간을 보내고서야 나는 첫 해와 두 해째의 '패전' 원인을 알았다. 이미 내 몸은 자연의 속도를 맞출 수 없었던 것이다. 뿐만 아니라 선이골의 천연계와 함께 살 수 있는 준비가 턱없이 부족한 몸이었다.

그럼에도 하늘은 나를 지켜보며 도와주고 있었음을 느낄 수 있었다. 그러니 나는 수십 통의 호박을 수확했고 하늘은 반성할 수 있는 나를 수확한 셈이다! 다가올 봄에 선이골에 뿌려질 가장 중요한 씨앗이 주어진 것이다! 조화를 잃어버린 땅을 조화롭게 할 씨앗, 까다로운 작물을 강인하게 할 씨앗, 마구잡이로 자라날 야생초들을 부드럽게 어루만질 씨앗, 바로 하늘이 내게 뿌린 씨앗이다.

하늘은 선이골의 나에게 씨앗을 뿌려서 가꾸고 수확해 낼 것이고, 나는 작물들의 씨앗을 뿌려서 가꾸고 수확해 낼 것이다. 선이골에서 두 해째 맞이한 겨울은 얼마나 길던지. 나는 어서 봄이 되기만을 기다렸다.

선이골 세 해째 삶이 시작되었다. 첫 해, 두 해째에 일군 땅을 넉넉하게 시간 여유를 두면서 남편이 정성스럽게 다듬었다. 남편이 괭이 하나로 밭을 갈고 나면 나와 아이들은 돌—어떤 돌은 작은 바위만한 것도 있었다—을 골라냈다. 다른 사람들에게 짱돌이 되어 상처를 입히는 내 마음의 돌을 하늘이 쉼없이 골라내듯이, 골라도 골라도 끊임없이 나오는, 땅 속 깊이 바위같이 박혀 있는 돌까지 골라냈다. 남편은 곱게 이랑과 고랑을 내고 아이들은 똥재에 부엽토를 섞어 거름을 만들어서 조금씩 땅에 주고 나는 씨앗을 뿌렸다. 온 가족이 씨앗들에게 축복을 하면서 씨앗 뿌리기를 마쳤다.

작물은 농사꾼의 발소리를 들으며 자란다고 했던가? 검은 땅에서 튼실한 떡잎이 나오고 본잎이 나와서 쑥쑥 자라고, 야생초들도 고개를 들고 일어선다. 선이골에 대한 나의 두려움, 막막함이 걷히면서 틈만 나면 작물이 자라는 밭을 돌아보았다.

풀과의 전쟁, 그것은 어쩌면 속도와의 전쟁이었을 것이다. 호미질조차 익숙하지 못한 나는 아직도 손으로 풀을 뽑는데 풀 하나하나를 뽑아야 하는 그 느리디 느린 속도를 내 몸이 감당하지 못했던 것이다. 머릿속에 그리는 황홀한 수확을 생각하노라면 마음이 급해져 삐질거리는 땀과 쇠파리의 공격과 긴 이랑, 뜨거운 햇빛을 견딜 수 없었다. 내가 조급해지면 조급해질수록 환삼덩굴과 며느리밑씻개의 가시 돋친 덩굴과 억센 억새 뿌리는 나의 진을 빼버렸다. 새모래덩굴의 그 한없이 강인한 줄기들은 나를 친친 감아버렸다.

나는 이제 알았다. 하늘이 나의 교만과 이기심을 오래 참음으로, 온유하고 부드러운 손길로 걷어내듯, 나 역시 선이골의 야생초들을 그렇게 대해야 한다는 것을. 미워하고 짜증내고 조급해 하며 대할수록 그 부정의 에너지가 야생초를 더욱 무성하게 한다는 것을.

고구마 밭 긴 이랑 앞에 서서 먼저 내 마음에서 욕심과 두려움과 조급함을 걷어낼 하늘의 손길을 생각한 뒤 밭의 야생초들을 걷어내기 시작했다. 그러자 더 이상 풀 뽑기는 전쟁이 아니었다. 작물들은 북돋아졌고, 야생초들은 땅의 거름이 되거나 우리의 양식이 되었으며, 땅은 작물도 야생초도 다 길러낼 수 있는 넉넉한 곳이 되어갔다.

아, 그렇게 해서 나의 선이골 야생초와의 1차, 2차, 3차 대전은 균형과 조화를 회복하는, 평화의 땅으로 가는 길이 되어주었다. 우리는 비로소 선이골 생활 2년 반 만에 자급에 필요한 전반적인 것을 적어도 절반은 이루게 되었다. "아, 고맙습니다."

가을

소포를 풀며

"차 소리다! 차 올라온다!"

냄새와 소리에 밝은 일목이가 소리친다. 아이들은 일제히 하던 일을 멈추고 차가 올라오는 쪽으로 달려나간다. 멋둔마을에 사는 혜림이네 차다. 아이들은 혜림이 할아버지가 운전석에서 내리기도 전에 차 뒤에 우리를 위한 무엇이 있음을 알아낸다.

"안녕하세요? 제주도에서 이모가 소포를 보내왔네요."

소포 꾸러미를 내리기 시작한다. 하나, 둘, 셋, 넷, 다섯.

"와, 많다!"

"왜 이리 무겁지?"

"이건 가볍네."

우리 부부가 혜림이 할아버지와 이야기를 나누는 사이 아이들은 소포 상자 틈에 손가락을 집어넣어 더듬어본다.

"사탕이다!"

"미역도 있다."

"이건…… 귤이다!"

우체부가 오지 않기 때문에 우리에게 오는 소포는 대부분 멋둔마을 혜림이네 가족이 차로 실어다준다. 제주도에 있는 아이들 외할머니와 작은이모가 보내는 선물, 또 미국에 사는 큰이모가 보내는 선물은 우리 부부가 거의 사주지 않는 특이한(?) 것들이다. 전화조차 할 수 없으니 그리움과 염려가 응집되어 물건으로 오는 것이리라. 흥부네가 박 타는 것처럼 아이들은 소포 상자 주변에 빙 둘러 서서 호기심으로 숨을 죽인다. 상자의 테이프들을 하나씩 뜯어내 소포 상자가 쫙 하고 열리면 아이들은 선물을 끄집어낸다.

"우와, 사탕 다섯 봉지, 과자 다섯 봉지. 아싸, 이건 공책, 연필 한 통, 스케치북 다섯 권. 피리도 있다."

"공도 있네. 크레파스도 있고."

"와! 손전등이다. 이모가 이제야 보냈다!"

다른 상자가 열린다.

"이건 뭐지? 짜, 짜, 로, 니, 볶, 음, 짜, 장."

화목이가 더듬거리며 읽는다.

"라면 같은 자장면이야. 이모가 너네들 자장면 먹이려고 보낸 거야."

"자장면? 자장면이래. 우와!"

이 산골에 사는 막내딸 걱정에 자나깨나 언니만 닦달하시는 어머니는 당신이 입던 겨울 내의 두 벌과 양말, 두툼한 셔츠와 바지, 개업 수건들을 모아 손수 만든 잠옷까지 언니를 통해 보내오셨다. 겨울 반찬 하라고 보내온 미역과 김, 당면도 있다. 선물들을 분류해서 각각 주방으로, 사물함으로 나른다.

"사탕과 과자는 어머니가 보관했다가 매일 두 개씩 줄게. 공책, 연필, 크레파스, 스케치북도 다 가져오너라. 필요할 때 나눠줄게."

마지막으로 빨강, 파랑, 노랑색 미니 손전등 다섯 개가 남았다. 지난 여름에 언니가 이곳에 왔다가 아이들에게 보내주겠다고 약속한 선물이다. 여분의 건전지까지 보냈다. 약속된 선물을 받은 아이들은 불을 켰다 껐다 하면서 서로 흥분된 목소리로 손님 오면 똥누러 갈 때 쓰자고, 이 닦으러 갈 때 쓰자고, 땔감 가지러 갈 때 쓰자고, 이모가 잊지 않고 보냈다고, 이모가 바빠서 늦게 보낸 거지 잊었을 리가 없다고, 오늘밤에 이모한테 고맙다는 편지를 쓰자고 신이 나서 다들 한마디씩 한다.

물건들로 넘치는 서울, 어른에게도 아이에게도, 집안에도, 가게에도, 거리에도, 쓰레기통에도 넘치는 물건들. 생활에 꼭 필요한 것과 필요하지 않은 것으로, 쓸 수 있는 것과 쓸 수 없는 것으로 뒤엉켜 꽉 찬 공간들. 내가 원하지 않아도 들어오는 물건들, 내가 소중하게 간직하고 싶어도 물건들에 치여서 쓰레기처럼 취급되는 물건들, 버리자니 아깝고 놔두자니 그러잖아도 좁은 공간 더욱 좁게 어지럽게 만드는 물건들. 그 물건들 모두는 분명 누군가의 노력이 들어간 것이고, 그 원료는 결국 하늘의 것이지 않은가. 무엇보다 힘든 것은 버려지는 물건들 속에서 버려지는 사람들, 부서지는 관계들을 볼 때이다.

큰아들 선목이가 초등학교에 들어갈 때, 때묻은 헝겊 필통을 큰맘 먹고 선물했다. 그건 14년 전 큰조카가 쓰다가 내게 준

상자 안에 든 것은 거위 한 쌍이다. 일목이와 화목이가 자기들 용돈을 털어 암수 한 놈씩을 샀다. 잘 키우리라 마음을 먹었지만 이듬해 수캐인 뭉칼이 녀석 등쌀에 한 마리가 먼저 세상을 등졌다.

것이었다. 그 필통의 역사를 들려주며 잘 쓰라고, 나중에 아이 낳으면 주라고 했는데 그때 선목이는 섭섭해 했다. 입학 선물로는 흡족하지 않았던 탓이다. 한 달간을 억지로 가지고 다니다가 나중에 동네 아이들이 쓰다버린 더 멋있고 조금은 덜 낡은 필통으로 바꿔버린 것을 보면서 아이들과 나와의 관계 속에서 물건이 어떻게 자리매김될 수 있을지 막막한 느낌을 받았던 적이 있다.

결국 그 필통은 내게 다시 돌아왔고, 지금은 오 남매 모두가 선망하는 물건이 되었다. 그 필통은 나와 두 살 차이인 큰조카가 내게 준 것 중 유일하게 남아 있는 것이다. 내가 가지고 있은 지만도 18년이나 되어 때가 묻고 꾀죄죄하지만 이 필통을 볼 때마다 어린 시절 조카와 내가 함께 했던 기억이 되살아난다. 그래서일까, 마흔이 넘은 우리는 어쩌다 전화 통화 한 번 하는 것이 고작인데도 언제나 공감하고 공명할 수 있는 관계로 남아 있다.

관계를 맺는다는 것…… 서울에서 살 때는 아예 불가능하게 여겨졌다. 물건과 관계를 맺는 것이 아니라 물건 뒤에 있는 이들과 관계 맺는 방식을 나는 아이들에게 가르쳐주고 싶었다. 눈앞의 물건이 가지는 가치와는 비교도 할 수 없는, 물건 뒤에 있는 사람과 사람 사이의 끈끈한 정을 알게 하고 싶었다. 더구나 물건의 유익함과 해로움을 분별하기가 어려워진 세상에서는 물질 뒤에 숨은 관계가 그것을 가려내고 선택하도록 하는 좋은 기준이 되리라 믿었다.

넘쳐나는 물질 속에서 아이들에게 잘 입히고 잘 먹이고 편안하게 해주는 일은 오히려 어려운 일이 아니다. 아무것도 할 줄 아는 것 없는데다 자기만 아는 천박한 사람이 되어버릴 것이 뻔히 보이기에, 잘 입히고 잘 먹이고 싶은 어미의 본능과 씨름해야 하는 것이 훨씬 더 어려운 일이다. 우리 부모들 세대에서는 없어서 저절로 해결되었던 것이, 나는 '있기 때문에' 씨름하면서 선택해야만 하는 문제가 되었다. 있는데, 그것도 넘쳐나는데 없는 것처럼 살아가기는 너무도 힘든 일이지 않은가.

내가 주지 않아도 아이들에게는 돈도, 과자도, 장난감도, 옷도 다 생긴다. 그것도 필요를 넘어서 주어진다. 그런 넘쳐나는 물질 속에서 물질을 넘어 관계들의 주체로 아이들을 길러내려는 내 몸짓이 때론 으르렁대는 호랑이 앞에 선 토끼 같다는 생각마저 든다.

끊임없이 선이골로 들어오는 수많은 물건을 나는 마치 공항의 검역원처럼 살핀 다음, 일일이 그 물건 뒤에 있는 관계를 설명하고 관계 속에서 물건의 의미를 아이들에게 새긴 뒤에야 넘겨준다. 귀찮고 어려운 일이기도 했다. 나 자신과 싸우고, 세상과 싸우면서 몇 년이 지난 지금에야 서로 공감하고 지키는 원칙이 되었다. 물질에 빠지지 않기를, 물건이 없어서 죽지는 않는다는 사실을 잊지 않기를, 넘쳐나는 물질의 세계 속에서 관계의 끈, 정의 줄을 끈질기게 잡고 놓지 않기를 간절히 바랐다.

다섯 봉지나 되는 사탕을 매일 아침 식사 뒤에 두 개씩만 먹는다는 것은 얼마나 참기 어려운 고통인가? 그 사탕을 두고두

아침에 눈을 떠 이불도 개지 않은 채 남매 다섯이 올망졸망 모여 앉았다. 이날 아침맞이 기도는 둘째 주목이 차례인데 무슨 내용으로 할지 아직 생각을 못했다.

고 먹으면서 이모의 사랑도 두고두고 누리라고 매일 두 알씩 줄 때 내 어린 형제들은 무엇을 느낄까? 어쩌면 내가 언니를 생각하는 것보다 아이들은 이모를 더 달콤하게 느낄지도 모르겠다.

이제 선목이는 아예 그 자리에서 먹지 않고 쌓아두기도 한다. 그래서 선목이 사물함에는 사탕과 껌, 과자가 풍성하다. 그것들의 내력을 일일이 열거하면서 종종 동생들에게 과시하기도 한다. 주목이와 일목이도 따라한다. 막내 원목이가 땅벌에 쏘여 한없이 울면 아껴두었던 사탕 한 개, 껌 하나를 주어 달래기도 하고, 간혹 기분이 좋으면 모아둔 과자들로 온 가족이 맛나는 잔치를 벌이기도 한다.

"얘들아, 정리정돈하고 저녁 식사 준비하자. 오늘 저녁은 이모가 보내준 짜짜로니 자장면이다. 어머니가 자장면 다 만들 때까지, 앞으로 20분 이내로 정리한다! 알겠나?"

오 남매는 "예" 소리와 함께 신나게 노래 부르며 깨끗하게 모든 것을 정리한다.

"일곱 개! 아니 하나 더 보태서 여덟 개 삶자. 실컷 먹이자."

나 역시 재빨리 특별 음식을 만들어 밥상에 올린다.

"기똥차게 맛있네. 이모에게 아주 맛있다고 편지 쓸 거야."

주목이가 탄성을 지른다. 바다 건너 산 넘어온, 처음 먹어보는 인스턴트 자장면이라 신기해 한다. 나와 남편은 인스턴트 자장면이 이토록 신나는 특별 메뉴가 되는 것을 한편으로 흡족해 하면서도 다른 한편으로 생활의 편리함 때문에 마비될지 모를 아이들의 입맛을 경계하면서, 즐겁게 먹는다.

몸이 필요로 하는 것을 중심으로 우리가 대면하는 모든 물건의 위치와 역할을 제대로 분별하기란 얼마나 어려운 일인가?

산짐승들과 화해하다

가을이다. 여름 장마 이후로는 비 한 번 오지 않아 몹시 가물다. 때문에 곡식들은 서둘러 열매를 맺고, 약한 것은 그대로 쭉정이가 되어 시들어버린다. 벌써 3년째 가뭄과 홍수와 혹한으로 도토리, 머루, 다래, 개복숭아, 개살구, 버섯, 산나물 등 산짐승들의 먹이 역시 거의 나지 않는다.

그러니 노루와 토끼와 꿩이 밭으로 몰려든다. 콩이며 팥이며 땅콩 들은 채 여물기도 전에 그들의 먹이가 되고 만다. 잎은 위에서 노루가 먹어치우고 콩이 맺히기 시작하는 콩깍지는 아래에서 토끼가 사정없이 먹어치운다.

백 년 만의 가뭄이라던 그 무섭던 봄 가뭄에도 묘종을 내어 하나하나 심고 아침 저녁으로, 심지어 햇볕 쨍쨍한 한낮에도 땀으로 범벅되면서 키운 콩과 팥이다. 그렇게 애쓴 덕에 콩과 팥이 제법 열렸다. 그러나 수확을 꿈꾸며 마지막 손질을 하려고 밭에 갔다가 본 것은 잎 하나 없이 앙상한 뼈만 남은, 난민처럼 서 있는 콩과 팥……

씨앗을 뿌리기 위해 오로지 괭이 하나로 밭을 일구고, 돌이

설거지는 주로 첫째 선목이가 맡는다. 지금은 동생들도 제법 커서 나눠서 하기도 한다. 여름엔 괜찮지만 겨울에는 산에서 내려오는 그 차가운 물에 손을 담그기가 결코 만만한 일이 아니다.

란 돌을 모두 손으로 골라내고, 거름 주고 물 주고, 여름내 비지땀 흘리며 손끝이 풀빛이 되도록 풀을 매고 보살폈는데…… 앞으로도 얼마든지 그럴 수는 있지만 산짐승들에 대해선 한없이 무력해지고 만다. 불안감과 산짐승들에 대한 야속하고 미운 생각에 속이 어지럽다. 올무를 놓아 그 겁 많고 눈빛 맑은 노루 새끼들을 죽게 할 수도 없고, 그렇다고 그냥 놔두자니 갑갑하고…… 봄부터 이제까지 거의 다섯 달 동안 한시도 마음놓지 않고 기다린 수확에 대한 희망이 일시에 무너져내렸다.

나도 모르게 이 모든 것을 지켜보고 계실 하늘을 바라보았다. 그러다 쓴웃음이 흘러나왔다. 이 쓴웃음의 정체는 뭔가? 살 곳을 인간에게 빼앗겨버린 산짐승들에 대한 연민? 혹심한 가뭄과 장마와 뜨거운 뙤약볕에서 고생한 우리 노력에 대한 보상 심리? 아니면 모든 것을 처음부터 끝까지 지켜보고 계시는 하늘이 왠지 나의 간구에 냉담할 것 같다는 두려움? 그렇게 애써 일했는데도 산짐승 때문에 이곳에서 농사를 지을 수 없다면 앞으로 우리는 무얼 먹고살아야 하나 하는 미래에 대한 불안감?

쓴웃음이 온몸에 번져 입맛마저 쓰다. 산짐승들에게 겁을 줘서 쫓으려고 세운 허수아비마저 허허 웃고 있는 것을 보면서 이 모든 일들이 시작된 봄으로 되돌아가 본다.

나는 그 봄에 대체 무슨 마음으로 씨앗들을 뿌렸지? 무슨 희망으로 겨울 내내 우리가 싼 똥과 오줌을 모으고 재에 섞어 거름을 만들어 밭에 주고 물을 주고 풀들과 전쟁을 치렀지? 도대체 무엇이 동기가 되고 목적이 되어 나로 하여금 한 번도 해보지 않은 이 일들을 하게 했는가? 몇 년째 이상 기후로 종족 유지 자체가 걱정되는 산짐승들의 고달픔을 생각은 해보았는가?

물론 막연하게는 생각했었다. 농사 경험이 쌓이고 우리의 노동력이 더 많아지면 농사를 크게 지어서 남도 주고 산짐승에게도 인심 쓰리라 생각했었다. 그러나 올해는 분명 아니었다. 내가 짓고 있는 농작물이 열매를 다 맺기 전까지는 누구도 손을 대어서는 안 되었다. 내 손으로 그 열매를 나눠주어야 했다.

그랬다. 올해는 오로지 나도, 우리 어린 아이들도 농사를 잘 지을 수 있다는 안팎의 자기 확인이 필요한 시기였다. 계절이 다르게 부쩍부쩍 크는 우리 아이들이 철저한 건강식 유기 농산물을 먹을 수 있어야 한다는 생존에 대한 이기적인 욕구로 가득 차 있었다.

황무지나 다름없던 이곳의 땅이 우리의 피땀으로 점차 낙원같이 변해 가야 한다는 과시적인 야심도 있었고, 기계농 · 화학농으로 땅도 몸도 우리 삶도 황폐해져 가는 현대 문명에 대한 분노 어린 비판도 있었다.

이곳은 농사가 아무리 잘되어도 산짐승 때문에 남는 게 없을 거라는 아랫마을 사람들의 끊임없는 지적에 대한 미묘한 반항도 있었고, 하늘이 보기에 내 생각과 노력이 요즘 세태에 비해 그다지 밉상은 아닐 거라는, 그래서 하늘도 도우실 거라는 치명적인 교만까지 곁들여 있었다. 이런 감정들이 봄에 씨를 뿌릴 때부터 내 안에 뿌려져 함께 자라고 있었던 것이다.

인간에 의해 계속 밀리고 밀려 겨우 이 깊은 곳에 들어와,

원목이를 본 사람들이 이구동성으로 하는 말이 있다. "고놈 참 이뻐 죽겠네."

그것도 끊임없는 불안 속에서 살아가는 저 눈 크고 귀 큰, 겁 많은 짐승들에게 내가 다소 덜 먹고, 아니 예전처럼 아직 남은 돈으로 시장에서 사다먹으면서까지 지은 농산물을 기꺼이 내어줄 수 있을까?

나는 사람보다 동물을 더 사랑하는 동물 애호가는 아니다. 다만 그들이 이곳에서 우리와 '함께' 살고 있기 때문에 그들과 농산물을 기꺼이 나눌 수 있는지를 내 자신에게 묻는 것이다. 배고프고 늘 불안한 위기의 삶을 이어가는 이들 짐승들은 그와 비슷한 처지에 있는 세계의 많은 사람들을 생각하게 한다.

나는 이 짐승들을 좋아하긴 하지만 사랑하진 못했던 것 같다. 인간들을 좋아하긴 하지만 제대로 사랑하진 못한 것과 같다. 아마도 그래서 저 허수아비가 묵묵히 있고, 하늘이 나의 기도에 응답하지 않는 듯한 느낌을 스스로 받았던 것이리라.

나는 오늘 겁이 많아 눈이 크고 귀가 큰 형제들에게 이렇게 말하고 싶다. "이제 하늘이 자라게 한 이만큼의 열매들을 나눠 먹읍시다. 그대들이 설령 다 먹어치운대도 우리는 결코 굶주리지 않을 것이고, 깨끗한 유기 농산물을 우리만 먹어 더욱 건강해지고 더욱 교만해지는 것보다는 속사람이 더 건강해지기를 바랍니다. 우리의 땅과 곡식을 보살폈던 그 자체가 즐겁고 소중한 체험이었어요. 기적과도 같은 기쁨의 나날이었습니다. 땅바닥을 기면서 우리가 배우고 익혔던 것이 얼마나 많았던가요? 올해 우리의 노동이 그대들의 풍성한 양식이 된다면 작년에 비해 얼마나 놀라운 발전인가요!"

혀를 옥죄던 쓴맛이 사라지고 입안에 단침이 돈다. 하늘도 미소짓는 듯하다. 나는 하늘을 향해서 기도를 드린다.

"오로지 당신의 뜻을 이루소서. 올해의 농사도 내년, 내후년의 농사도 이웃 형제와 동물과 우리와 모두를 위한 농사가 되게 하소서. 무엇보다도 먼저 저를 지으소서."

막내딸 원목이

누구의 딸, 누구의 여동생, 누구의 아내, 누구의 어머니이기에 앞서 나는 하늘이 당신 형상으로 지으신 여성이다. 그러나 그 여성을 나는 잃어버렸다. 아니, 전혀 몰랐다고 하는 게 옳을 것 같다. 그런데 막내딸 원목이가 잃어버린, 그 잊혀진 나의 '여성'을 자극했다. 나의 부모나 형제, 남편과 아들, 사회가 요구하고 자극하는 것과는 다른 방식으로 원목이는 자궁에서부터 지금까지 아주 미세하게 나의 여성성을 키워왔다.

나는 천지신명께 빌었다. 주시는 대로 받겠지만 이왕이면 딸이면 좋겠다고. 딸을 낳아 기름으로써 나는 딸과 함께 여성으로 다시 태어나고 싶었다. 그래서 이름도 태어나기 전부터 원목元木(시작하는 나무)이라 지었다. 출산도 수천 년 동안 수많은 어머니들이 행해 왔던, 하늘이 여성의 몸에 새겨놓은 그 방법대로 하고 싶었다.

나는 첫아이를 병원에서 낳았다. 아이를 낳기 위해 분만대 위에 누웠을 때의 그 '불경스러운' 느낌을 지울 수 없었다. 수도 없는 뱃속의 아기들이 죽어갔을 분만대 위에서 아이들이 세

제 혼자 힘으로 그 먼 산도를 지나 세상에 나온 원목이. 어미는 태어나자마자 안았던 원목이의 그 때 뜻함과 보드라움을 잊지 못한다. 사진은 다섯 살 때의 모습이다.

상과 첫 만남을 갖고, 자기들의 첫 삶을 시작한다는 것이 견딜 수 없이 슬펐다. 아이들에게 더할 수 없는 죄를 짓는 것 같았다. 둘째아이부터는 적어도 그런 곳이 아닌 곳에서 낳고 싶었다. 그러나 출산의 두려움과 공포에서 벗어나기란 쉽지 않았다. 원목이가 막내가 될 거라는 그 어떤 느낌이, 내게 주어진 출산의 기회 앞에서 나를 모질게 만들었다. 아이 낳다 죽더라도 집에서 낳고 싶었다. 여자로서, 어머니로서 원점에 서고 싶었던 것이다.

기르는 것도 하늘이 마련해 주는 양식 그대로 기르고 싶었다. 고맙게도 다 바라는 대로 되었다. 모두가 잠자는 새벽에, 언제나 잠자던 방에서 원목이를 만날 수 있었다. 아기집에서 나온 아기를 탯줄을 자르지 않은 채 내 배 위에 올리면서 나와 원목이의 첫 만남은 시작됐다.

아기집이 밖으로 나오기까지 원목이는 내 배 위에서 익숙한 내 심장 소리를 들으며 조용하게 탯줄을 통해 산소를 공급받으며 폐호흡을 준비했다. 그 길지 않은 시간, 작디작은—아, 얼마나 작았는지, 아마 2킬로그램도 안 되었을 것이다—원목이는 배 위에서 작은 손으로 내 옆구리를 더듬었다. 아기집에서 금방 나온 아이가 느리면서도 부드럽게 나를 쓰다듬는 손길이라니! 그 촉감이라니! 나는 지금도 그 손길을 떠올리면 온몸이 짜릿짜릿하게 떨려온다.

집에서 태어난 원목이를 출생 신고하러 갔을 때 원목이가 우리 아이임을 증명할 수 있는 보증인의 인감 증명을 해오라고 했다. 출생 신고하는 것조차 마지못해서 하는 나는 그게 무슨 말인지, 왜 보증인의 인감이 필요한지 도무지 이해할 수 없었다. 아이 낳다 죽을 것까지 각오하면서 내가 아이를 낳았는데, 원목이는 위의 네 오빠하고도 다르게 누구의 도움도 받지 않고서 혼자 그 먼 산도를 지나왔는데, 누구의 보증이 필요하단 말인지, 내가 태어날 때와 너무도 달라진 세상이 슬펐다.

원목이는 작은 입으로 아무리 빨아도 젖이 더 나오지 않을 때까지 만 3년 6개월 동안 젖을 먹었다. 밖에서 놀다 와서 차가워진 자신의 손이 내 속살을 차갑게 할까봐 살에 손을 대지 않고 젖을 빨았다. 나는 놀라워서 다른 사람들에게도 그렇게 하라고, 참으로 고맙고 행복하다고 격려하며 그 차가운 손을 내 볼에 비볐다.

나는 방금 산더미 같은 빨래를 마치고 방에 들어왔다. 손끝이 꺼슬꺼슬하여 영 기분이 안 좋다. 빨래를 너무 많이 해서 손가락을 보호하는 지방질이 다 빠져나갔나 보다. 허리도 뻑적지근하고 팔은 아예 마비 상태인 것 같다.

지난 여름 미국에 사는 언니가 선물로 주고 간 핸드크림을 찾는다. 십수 년 전 억지로 몇 번 화장을 해본 이래로 나는 화장을 해본 적이 없다. 이곳에 와서는 세수하고 나서 얼굴에 로션도 바르지 않는다. 물로 세수하고 수건으로 닦지 않고 그냥 저절로 마르게 놔둔다. 얼굴이 당기지 않으니까 로션이나 크림을 바를 필요를 느끼지 않는 것이다.

핸드크림을 찾는데 원목이가 혼자서 인형들과 살림을 하고

나들이하기로 한 날 아침, 모녀가 잠시 언쟁이 붙었다. 어미는 빨리 옷을 갈아입으라며 재촉하고, 맘에 드는 옷을 찾지 못한 딸은 잠시 기다리라며 지지 않고 맞섰다. 어느새 막내도 다 컸다.

있다. 아기 인형 네 명을 차례로 눕혀 수건으로 덮어주고는 한 명씩 소곤대며 보살피고 있다. 인형 아기들을 재우고 자기 사물함에 가서 옷들을 꺼내온다. 이모가 사준 하얀 드레스, 오일장 옷가게 아줌마가 준 생활 한복, 중국에 사는 외삼촌이 선물로 준 숄, 가방 등등. 인형 아기들과 하염없이 재잘거리며 꺼내온 옷들을 펼쳤다 개었다 한다.

"이 드레스는 엄마가 결혼식할 때 입을 거야. '하나되는 날' 친구들 만나러 갈 때 입고 가도 돼."

원목이가 살림하는 것을 물끄러미 지켜보는 내게, "어머니, 이 옷 지금 입어도 돼요?" 묻는다.

"아직 쌀쌀해서 안 돼. 자꾸 옷 장난 하지 마. 이제 들여놔야 하는데 더러워져."

"한 번만 장난으로 입어볼게요, 화목 오빠하고 결혼식 놀이 하게요."

늘상 경이롭게 봐온 원목이의 모습이 오늘따라 내게 경종을 울린다. 작은 여자아이 원목이는 위의 네 오빠들과는 거의 모든 면에서 다르다. 부드러움, 아기자기함, 천연 그대로에 대한 민감함, 끈질김, 예쁜 얼굴, 예쁜 옷, 예쁜 신발에 대한 취향, 동정심, 수줍음…… 원목이의 '여성'이 점점 자라는 것을 관찰하는 것은 잃어버린 나의 '여성'을 깊게 들여다보게 하는 일이다.

원목이는 만 세 돌이 지나면서 오줌이 마려워도 아무 데서나 오줌을 누려 하지 않고 남자인 오빠들과 여자인 자신을 당당하게 성별하는 행동을 보였다. 이것저것 가리지 않고 당장의 필요에 맞추어 우악스럽고 과격하게 남자아이들을 키워온 나의 관성을 원목이는 결코 용납하지 않았다. 어떤 불편함과 어려움을 감수하고서라도 여자아이로서 자신이 원하는 것은 끝내 이루려고 한다. 너무 추워서 대충 씻기면 어느새 자기 혼자 가서 깨끗하게 씻고 온다. 원목이의 그러한 행동들은 끊임없이 내게 질문을 던진다. "아름다운 여성이란 어떤 모습인가?" 하고.

다섯 명의 오빠와 두 명의 언니 틈에서 자라온 나. 오빠들은 "너는 문화가 없어!" 언니들은 "너만 사는 세상이 아니니까 때로는 이쁘게 가꾸어야 하는 거야" 이렇게 말하곤 했다. 아버지는 "깨끗하고 단정하면 되는 거야. 마음이 고와야 해. 그리고 알아야 해. 인간의 운명을 바꿀 수 있으려면 하늘을 알아야지. 하늘은 고운 마음에 오는 거야" 하고 말씀하셨다.

다들 맞는 얘기지만 그럼에도 아버지가 지니고 계셨던 여성에 대한 미적 기준이 내게 가장 큰 울림이 되었던 것 같다. 나의 최고의 미적 기준과 가치는 '앎' 에 있었다. '앎' 을 추구하는 데 방해되는 일체의 외부적 치장은 걸리적거리기만 했다. 거기에 쏟아지는 시간과 돈이 아깝게 여겨졌다.

그러나 딸아이를 키우는 중년의 여성이 되어 나는 나의 여성을 깊게 고민하게 되었다. 그 누구의 딸, 여동생, 아내, 어머니이기에 앞서 나를 지으신 하늘과 나와의 관계에서 하늘의 형상으로 빚은 여성을 탐구하기 시작했다. 작은 여자아이 원목이가 잃어버린 그 여성을 끊임없이 사모하게 한 것이다.

이제야 고상하고 예의 바르고 건강하고 참으로 아름다워지고 싶어진다. 외적으로도…… 어린 원목이가 오빠들과는 다르게 자기 자신에게 쏟는 저 노력과 정성을 나도 나 자신에게 쏟고 싶다. 나의 언니들, 여자 친구들과도 또 다른, 나의 여성의 아름다움을 원목이와 함께 살아가면서 가꾸고 기르고 싶다.

선이골에서 접한 9 · 11

작물들을 돌보느라 오랫동안 오일장엘 못 갔다. 가을 햇살 맑은 9월 13일, 모처럼 화천 오일장 나들이를 했다. 사람도 만나고 과일도 사고 단골집 칼국수도 먹을 생각에 기분 좋게 산길을 내려갔다.

먼저 어린 친구가 있는 사진 현상소에 들러 인사도 하고 이야기도 나누는데, 탁자 위 신문에 실린 사진을 보고 너무나 놀랐다. 비행기 폭격을 받은 뉴욕의 쌍둥이 무역센터빌딩과 먼지를 흠뻑 뒤집어쓴 뉴욕 시민들의 공포와 절망에 찬 행렬…… 순간 모든 것이 멈춰선 느낌이었다.

전 세계를 공포와 경악의 도가니로 몰고 간 사건이 벌써 이틀 전에 일어났다니! 우리는 그때 선이골에서 얼마나 평화롭게 부지런히 일하면서 지냈는데…… 아니 조금 전까지만 해도 꿈에 부푼 가을 새처럼 노래하고 있었는데……

지금의 세계가 참으로 예측할 수 없는, 불안과 공포가 가득한 세계인 줄은 알고 있었지만, 그래서 더더구나 전쟁 피난 열차에 가까스로 마지막 자리 하나 얻어 타는 심정으로 도시를 빠져나와 이곳으로 왔지만, 이런 예측불허의 폭력이 막상 현실로 드러나니 감당하기가 벅찼다.

장 나들이 기분은 산산이 부서져버렸다. 다리는 휘청대고 눈물이 흘러나왔다. 남편도 아무 말 없이 앞만 보고 걸었고, 아이들은 무슨 일이냐고 물었다. 내 입에서는 나도 모르게 "하나님 용서해 주십시오. 저희를 불쌍히 여겨주십시오"라는 탄식이 흘러나왔다.

9 · 11 사건도 충격이었지만 그런 세기적 사건을 최첨단 시대라는 이때, 그로부터 쉰 두 시간이나 지난 뒤에야 알게 된 것도 내 평생 처음 있는 일이었다. 장을 어찌 봤는지도 모르게 보고는 거의 10년 만에 처음으로 내 돈 주고 신문을 사서 돌아왔다. 잔뜩 예민해지고 날카로워진 내게 남편은 너무 지나치다고 핀잔을 주기도 했다.

그 무엇이 그토록 충격에 휩싸이게 했을까? 1997년 서울에 살 때 내가 살던 데서 그리 멀지 않은 곳에서 삼풍백화점이 어이없이 무너졌고, 또 얼마 지나지 않아 성수대교가 무너졌다. 그 사건들이 일어난 거의 동시간에 라디오를 통해서 들었을 때도 나는 붕괴로 죽은 사람들이 불쌍하다는 생각과 부실 공사에 대한 분노가 일긴 했어도 내 삶이 온통 뒤흔들리지는 않았다. 그랬던 내가 수만 리 떨어진 미국에서 일어난 일에 대해 왜 그렇게 힘들어했을까?

9 · 11 사건이 있은 지 몇 달 뒤까지도 나는 그 충격을 떨치지 못했다. 깊은 역사의 잠에서 처음 깨어난 듯한 기분이었다.

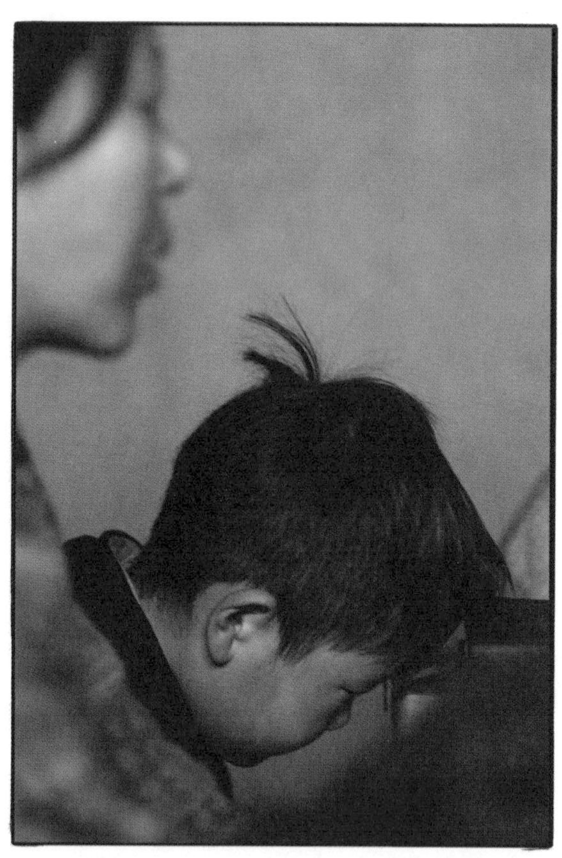

매일 하루를 여는 아침맞이 시간. 누군가를 위한, 무언가를 위한, 그리고 자신을 위한 기도와 생각을 나누는 귀한 시간이다. 기도에 열심인 화목이는 무엇을 위해 기도하고 있을까?

마치 그 사건이 있기 전까지는 내가 단 한 번도 역사를 살았다고 말할 수 없을 것 같았다. 약학대 졸업을 5개월 앞두고 고통받는 역사의 현장으로 뛰어들어야 한다며 공부를 접고 몸으로 부대껴낸 4년의 세월도 돌아보면 역사를 산 것이 아니었다.

그러면서 해일처럼 커다란 죄의식이 나를 덮쳤다. 내가 그 사건의 원인이라도 되는 양 견딜 수 없는 죄의식에 사로잡혔다. 내 속에 있는 인간에 대한 적대감과 이기심과 폭력성이 모이고 모여 사건이 터진 것처럼 느껴져 쌍둥이빌딩의 무너짐은 나의 무너짐처럼 여겨졌고, 110층을 폭격했던 비행기도 나의 공격처럼 여겨졌다.

우리의 이웃이 겪는 고통을 우리만 피해 보고자 선이골로 온 것은 아니었다. 하늘이 인간에게 정해 주신 길을 나 몰라라 하고 산 것도 아니었다. 그럼에도 9 · 11 사건은 "너희는 어디에 있느냐? 무얼 하고 있느냐?"며 피할래야 피할 수 없는 질문을 해대는 것 같았다.

전기도 전화도 자동차도 인터넷도 인가도 없는 선이골이지만, 서울에서 살 때보다 시대에 대해, 인류와 이웃에 대해, 자신에 대해 더욱 민감해진 우리에게 9 · 11 사건은 우리 내면의 적대감과 증오와 안일을 분명하게 볼 수 있게 해주었다. 세계의 부와 지식과 권력의 상징이라는 무역센터의 삶과는 정반대인 선이골에 있지만, 우리의 잠재 의식 깊은 곳엔 110층 무역센터가 있었다는 사실을 깨닫고는 놀라지 않을 수 없었다.

선이골의 뭇 생명들과 더욱 뚜렷하게 대비되어 드러나는 우리의 내면 상태를 보면서 처음 일주일간 우리 내외는 거의 침묵으로 시간을 보냈다. 침묵의 시간을 가진 뒤 가족 한 사람 한 사람의 성품을 돌아보고, 우리가 하는 일과 주어진 시간과 재능, 조건을 밑바닥부터 돌아보았다. 우리가 아이들과 선이골에서 농사 지으며 사는 의미, 이곳에서 우리가 누리는 행복의 의미, 세계 도처에서 전쟁과 굶주림과 질병으로 죽어가고 있는 형제들의 삶의 의미까지.

하늘나라는 도대체 어떤 나라인가? 인간의 상상을 초월하는 거대한 우주 공간과 무수한 항성과 행성 중에 오직 지구만이 인간이 사는 공간이라면 이보다 더한 낭비와 무모함이 있을까? 영원이라는 시간이 어떤 시간인지는 알 수 없지만 본능적으로 그것이 있음을 아는 우리의 시간 감각으로 볼 때, 인간의 70년, 80년 생애만이 전부라면 이보다 더한 낭비와 무모함이 또 있을까?

고작 40년을 살았을 뿐이지만 그 동력은 무한과 영원에의 본능적인 바람에서 나오는 것이리라. 문제는 이 지구별에서의 유한한 공간과 유한한 시간의 삶을 어떻게 그 무한과 영원의 삶으로 이어지게 할 것인가였다. 그러기에 이 지구에서 내가 보고 듣고 경험하는 모든 것은 다 나와 깊은 관계가 있는 것이다.

110층 빌딩을 자살 테러로 무너뜨리는 지금 여기에서 나는 하늘나라를 목마르게 꿈꾼다. 나는 지금 여기에서 하늘나라를 살아야지, 그렇지 않다면 밥맛도 없을 것이고, 일찍 일어나기도 싫어지고, 농사도 교육도 하기 싫어질 것이다. 적어도 나의 경우, 지난날 서울에서의 삶은 하늘나라가 아니었다. 그렇다면

잠시 어른들을 따돌리고 남매들끼리 속닥거리곤 한다. 뭔가 재미난 일을 꾸미거나 맡은 일에 대한 교섭(?)의 시간일 수도 있다. 언제나 그렇듯 자기가 해야 할 일을 그냥 떠넘기는 법은 없다.

지금 여기에서의 삶은 하늘나라의 삶인가? "그렇다"고 말할 수 없었다!

그래서 우리 가족은 먼저 우리 자신의 성품을 돌이키며 하늘나라가 아닌 요소들을 돌아보았다. 우리 생각과 말과 행위의 근본 동기가 무엇인지 생각하면서 일상 속에서 만나는 아무리 하잘것없는 한 사람에게도, 아무리 보잘것없는 작은 일에도 밝고 맑은 동기로 임하려고 했다. 우리는 9·11 사건을 우리 가족에게 하늘나라를 바로 지금 여기에서 이루라는 촉박한 메시지로, 두려움과 이기심을 넘어 '사랑의 삶'을 살라는 메시지로 받아들였다.

노란 벼이삭이 출렁이던 9월, 우리는 전혀 예기치도 않게 우리 삶에 불어닥친 인류의 재앙을 견디며 벼이삭과도 같은, 변화되어 충실해질 우리 성품과 삶의 비전을 수확할 수 있었다. 9월 이후 우리 가정의 분위기는 점차로 달라졌다. 아침맞이 기도도 달라졌고, 우리 집을 찾는, 우리와 생각도 다르고 삶의 방식도 다른 무수한 사람들, 종교인들을 대하는 태도도 달라졌다. 어떤 재앙이라 하더라도 그 깊은 곳에는 하늘이 우리에게 주려는 고귀한 축복과 구원의 선물이 감춰져 있는가 보다!

남편을 '다시' 만나다

"사람은 어떻게 만들어졌을까?"

"어머니 씨와 아버지 씨가 짝짓기해서요."

어느날 우리 집 뭉칼이(수캐)와 다솜이(암캐)가 짝짓기하는 것을 처음 보고 와서 너무나 놀란 화목이가 이제는 뭔가를 깨우친 몸으로 형들을 제치고 제일 먼저 대답한다.

"그래 맞아. 화목이는 어머니와 아버지의 씨가 만나서 하나가 된 작은 몸에서 시작됐어. 아주 작은 몸, 그것을 세포라고 불러."

"세포? 세포가 무슨 뜻이에요?"

꼼꼼한 주목이가 묻는다.

"음, 그건 말이지, 아주 작은 방이란 뜻이야. 그러니까 모든 살아있는 몸은 사람이건 짐승이건 풀이건 벌레건 다 세포로 이루어졌는데, 몸은 그런 작디 작은 방, 세포들이 수십조 개가 모여서 된 거야."

"……?"

몸에 대해서 공부하는 중에 세포라는 말이 나왔다. 너무나 생소한 말에 부딪쳐 아이들의 상상력은 주눅이 든다.

"겁낼 필요 없어. 단지 낯선 것일 뿐이니까. 익숙해지면 세포라는 말도 아주 쉬워진다구."

그러나 내가 먼저 겁내고 있었다. 잔뜩 긴장하여 오늘의 공부 목표인 세포와 핵산, 미토콘드리아, 리보솜 등등을 어찌 생생하게 설명할 수 있을지 속으로는 진땀을 빼고 있었다.

"우리 몸을 이루고 있는 가장 작은 것이 세포라는 것을 기억하고, 자, 이제 세포 속으로 들어가 보자. 세포 속에 뭐가 있나 보자. 자, 제일 큰 거, 이게 뭘까?"

"……?"

"이게 세포에서 제일 중요한 핵이라는 거야. 핵 속으로 들어가 보자. 두 개의 선이 비비 꼬여 있지? 이 선들은 핵산으로 이루어져 있는데 두 개의 다른 선이 비비 꼬여서 가장 중요한 핵을 이루지. 여기서 모든 정보가 나오는 거야. 그러니까 화목이의 머리칼, 눈 모양, 혈액형, 손톱 모양 등등 이런 것들이 화목이의 세포 안에 있는 저 핵에 다 들어 있는 거야. 암에 걸리는 것도 비비 꼬인 두 선에 문제가 생길 때야."

"어머니, 왜 핵이 두 줄로 만들어져 있어요?"

"에잉, 형은 그것도 몰라? 한 줄은 어머니한테서, 한 줄은 아버지한테서 온 거니까 그렇지."

주목이의 질문에 꾀돌이 일목이가 당연하다는 듯 대답한다.

뭐라고? 아이구, 이를 어쩐다. 일목이의 재치 있는 설명이 기가 막히게 들어맞는 것도 같고, 내가 수십 년 동안 머리 싸매

읍내 한 단골 빵집에 아이들을 놔두고 부부만 길을 나섰다. 아이들이 먹을 것에 빠져 있는 동안 좀더 빨리 일을 보기 위함이다. 허나 호젓하게 둘만 걷고 싶었던 이유가 더 크진 않았을까?

며 공부해 온 것과는 너무나 달라서 틀린 것도 같고. 맏이 선목이는 눈치 빠르게 나의 당혹스러워함을 간파하는 것 같고, 화목이는 머리를 끄덕이며 일목이의 재치에 감탄하는 것 같았다.

그 뒤로 며칠이 흐른 뒤 화목이와 원목이가 소꿉놀이를 하고 있었다. 화목이는 인형들에게 세포에 대해서 가르쳤다.

"우리 몸 안에는 세포가 있는데 세포 속에는 어머니, 아버지가 줄같이 비비 꼬여 있어. 너희들 몸 안에도 엄마, 아빠의 씨앗들이 비비 꼬여 있어. 그러니까 너는 코가 나처럼 생겼고, 입술은 엄마처럼 생긴 거야. 알았지?"

자기 존재에 대한 아이들의 확고부동함은 한없이 흔들리는 내 삶에 버팀목과 같다. 낯설고 물선 이곳 생활에서 아이들은 때로 나로 하여금 땅이 꺼질 것 같은 한숨을 짓게도 하지만—아이들의 미래, 교육 등등의 문제로—나의 애씀, 분발, 용기, 웃음, 위로의 샘이 되어주기도 한다.

"우리 둘만 있었으면 어땠을까? 저 아이들이 없으면 우리 둘 사이에 웃을 일이 있었을까? 저 아이들이 아니면 내가 감자 심으려고 애써 괭이로 땅을 팠을까?"

남편은 이렇게 말한다. 남편에게 나는 없는 존재나 다름없는 듯했다. 아이들이 태어나면서 남편에게서 독자적인 나는 실종되어 버린 듯했다. 위로 아들만 줄줄이 네 명이라 남편의 남성우월은 더 의기양양해지는 것 같고, 그만큼 나의 존재는 하찮게 여겨지는 것 같았다.

"바보같이…… 절대로 그렇지 않아. 네가 있으니까 저 아이들이 나온 거지. 아이들이 소중한 만큼 네가 소중한 거지. 네가 없어봐. 나 혼자서 저 아이들을 어찌 키우겠어? 애물단지일 뿐이지."

당신에게 나는 뭐냐고, 우리 삶의 크고 작은 갈등이 생겨 남편에게 내 존재의 의미를 물으면 남편은 언제나 거의 같은 대답을 하곤 했다.

서울 생활에서도 남편과의 갈등은 있었으나 약국에서 여러 사람들을 상대하다 보면 잊어버릴 수 있었다. 또 남편은 아이 키우랴, 살림하랴, 약국하랴 동분서주하는 내가 안쓰러웠는지 꽤 신경을 써주기도 했다.

그러나 이곳 생활을 한 지 처음 두 해는 우리 부부에게 참으로 힘든 시간이었다. 두 사람 모두에게 낯설고 막막한 환경에 있게 되고 보니 서로에 대한 기대감이나 의존감은 더욱 커진 반면, 각자의 몸은 그런 것을 충족시키기에 너무나 부족하다는 것이 적나라하게 드러났다.

아이들 교육, 선이골의 개간, 농사 짓기 등의 큰일부터 시작해서 이삿짐 옮기는 일, 당장에 먹을 쌀을 아랫마을 방앗간에서 등짐으로 져오는 일, 겨울 난방 등등 크고 작은 일 모두를 의논해야 했고, 합심해야 했고, 힘들어하는 서로를 다독여야 했고, 서로의 단점을 넉넉히 참아주고 도와줘야 했다. 그러나 우린 잘 하지 못했다. 우리는 가난하지만 끔찍이도 사랑하는 부부를 옛이야기 속에서나 알고 있을 뿐이었다.

가장 힘들었던 것은 남편에 대한 원망과 야속함으로 가득한

한 여자의 남편이자 다섯 아이들의 아버지인 그는 적지 않은 나이임에도 눈이 참 맑다. 느릿느릿 내뱉는 말투와 속 깊은 성품에서 나오는 세심한 손길이 선이골 구석구석에 묻어 있다.

내 마음을 피해 어디에도 도피할 곳이 없었던 점이다. 남편에 대해 내가 느끼는 부정적인 감정의 무게를 서울 생활에서처럼 가볍게 해줄 장치들—웅장한 고전 음악, 멋진 영화, 그럴싸한 심포지엄, 각종의 모임, 쇼핑, 이웃 아낙네와의 수다 등등—이 여기엔 하나도 없었다. 하루 스물 네 시간, 저 '웬수' 인 남편과 같이 있어야 하고 어쨌거나 한 밥상에서 밥을 먹어야 했다.

아이들 교육도, 선이골 개간도, 농사 짓기도, 이곳 생활 어떤 것도 힘들게 여겨지지 않았다. 남편만, 오로지 남편만이 힘들었다! 남편의 그 무엇이? 머리로는 다 이해되는 남편의 모든 것이 낯선 삶을 살아가면서는 그저 진저리쳐질 뿐이었다. 내가 그러는 만큼 남편도 지독히 힘들어하고 외로움에 치를 떨었던 것 같다. 남편과 나는 서로에 대해 변해야 했다.

이곳 생활 세 해째가 되면서 남편은 가끔 외지로 1박 2일 혹은 2박 3일로 모임에 나갔다. 아이들과 나만 남겨진 선이골. 아, 뼈가 스르르 녹아버리는 듯한 그 무서움이라니! 내가 한없이 가볍고 텅 빈 듯 느껴지는 그 허전함이라니! 아이들도 왠지 부산하고 자기를 주체하지 못하는 것 같았다. 이런 느낌의 정체는 뭔가?

우리 가족만 살고 있는, 전화도 자동차도 없는 이곳에 남편이 있고 없다는 것, 그 단 한 가지 사실만으로 천국과 지옥을 오가는 이것은 도대체 어인 일인가? 당신 혼자 아랫마을로 마실 가서 조금만 늦어져도 조마조마하는 마음을 애써 삼키며 목 길게 빼고 기다려야만 하는 남편, 아버지…… 저 '웬수' 가 누구길래 그의 빈자리가 그토록 무섭게, 크게 느껴지는가?

그러나 생활에 필요한 모든 일을 온 가족이 힘을 합쳐 해결해야 하는 이곳의 삶은 서로의 존재에 대해 다시금 새겨보게 했다. 홍수로 무너진 길을 손보는 일, 비 새는 지붕을 고치는 일, 베어놓은 벼를 탈곡하는 일, 괭이로 밭을 일구는 일, 마을 어른들을 상대하는 일 등 가족이 힘을 나누어 하지 않으면 안 되는 일이 수두룩했다. 특히 마을 사람을 상대하는 일에선 대도시와 너무나 달랐다. 남자들은 남편이, 여자들은 아내가 상대해야 했다.

여기에서는 가족과 가족이, 삶과 삶이 만나서 관계를 만들어 간다. 남편, 아버지만이 할 수 있는 일이 있었고, 아내, 어머니만이 할 수 있는 일이 따로 있었다. 선이골에 하늘과 땅, 사람 사이에 두 발로 선 사람 '선이' 로 살려고 하는 한, 각자의 위치와 역할은 다른 누구도, 다른 무엇도 대신할 수 없는 '고유한' 것이었다.

내 안으로의 길고 험한 순례를 거쳐 나는 남편이 다른 성性의 나 자신, 하늘이 내게 주신 몸임을 깨달았다. 저 '웬수' 는 하나되어야 할 나 자신이었다. 너무 힘들어서 나도 모르게 쏟아부었던 원망과 야속함은 '낯선 나' 를 알기 위함이었다. '낯선 나' 에 대한 나의 무례와 배척은 지난 40여 년간 나 자신에게 대해 온 태도이기도 했다. 남편의 말에 깊게 귀기울여봄으로써 내 안의 소리를 듣고, 받아들이기 힘든 남편의 행동을 잘 받아 안음으로써 나 자신을 바르게 대하는 것을 익히고 싶어졌다. 가정 안에서 남편과 아이들과 하나되는 과정은 잃어버린 태초의 나를 찾아가는 공부의 길임을 알았다.

남편의 말들이 가슴속 깊이 와닿기 시작했다. 남편 역시 내 원망이나 야속해 함도 당신을 향한 애절한 사모임을 이해하기 시작했다. 그런데 아이들은 아버지와 어머니의 씨앗이 비비 꼬여 된 몸이 자기들임을 너무나 당연하게 '알고' 있었다. 이 아이들은 어머니, 아버지의 비비 꼬인 DNA의 나선 안에서 자신들이 살고 있음을 모든 것을 통하여 증거하고 있었다.

하늘과 하나되는 것도, 이곳 선이골 천연계와 하나되는 것도, 이웃들과 하나되는 것도, 먼저 "허공 중에 산산이 부서진 이름, 내가 부르다가 죽을 이름", 남편과 하나되는 일부터였다. 나와 남편, 두 몸이 한 몸 되는 그 일은 새 하늘, 새 땅의 열림이었다. 암에 걸렸는지도 모르는 세계의 작디작은 방, 우리 가정은 그렇게 새로 나기 시작했다.

만추의 아침을 줍다

가을이 무르익었다. 선이골에 자라는 수십 그루 밤나무들이 밤을 터트리기 시작한다. 벼를 베고 밭작물을 거둬들이느라 바쁜 10월. 나는 아이들이 일어나기 전에, 아침 식사를 준비하기 전에 숲으로 달려간다. 밤새 떨어진 밤알을 주우러, 바쁜 추수의 계절에 한순간의 틈이라도 아끼려고 부지깽이와 양동이를 들고 숲으로 달려간다.

아, 밤새 이렇게나 많이 떨어져 있다니! 20분 정도면 왕밤이 한 소쿠리가 된다. 여기저기 청설모들이 껍질을 까놓은 밤도 보인다. '내 발자국 소리를 듣고 애써 깐 밤알을 버리고 도망갔나?' 미안한 마음이 들면서도 내 어린 새끼들 생각이 앞선다.

이곳에 온 첫해는 온 가족이 나서서 한 가마는 족히 될 만큼 밤을 주웠다. 열흘 가량 하루도 쉬지 않고, 하루에 두세 번씩 아이들과 숲을 샅샅이 뒤지며 밤을 주웠는데 열흘째 되던 날 아침, 청설모 몇 마리가 나무에 오르내리면서 소리를 내길래, "저건 분명 우리의 욕심을 규탄하는 걸 거야. 그만 줍자" 했다.

그 다음날, 고구마 밭과 옥수수 밭은 쑥대밭이 되어 있었다.

직접 맷돌로 갈아 만든 도토리묵은 잘 부스러지지 않는다. 아, 쫀득하고 맛있는 도토리묵! 그렇다고 지천에 널린 도토리를 모두 쓸어 담지는 않는다. 친구인 산짐승들도 배를 채워야 하니까.

밤새 멧돼지가 내려와 뒤집고 간 것이다. '그래, 청설모들이 멧돼지를 시켜 우리를 혼내주는 거다.'

다행히 우리의 농사 규모가 뻔한 수준이라서 쑥대밭이 되었다 해도 그리 큰 피해는 아니었지만, 선이골 생활에 익숙지 못한 우리에게는 가슴이 덜컹 내려앉는 사건이었다. 마치 우리가 선이골의 침입자라도 되는 양 느껴져 당혹스러웠다.

살면서 한 번도 겪어보지 못한 야생 동물들과의 관계며, 우리밖에 없는 산중에서 농사를 어찌 지어야 하는지, 밤 줍기와 멧돼지의 횡포를 두고 그해 겨울 오래도록 생각했다. 다행히 멧돼지의 큰 횡포는 그것이 마지막이었고, 이듬해엔 해걸이를 하는지 밤이 열리지 않아 밤 주울 일도 없었다.

선이골 여기저기에 밤나무가 얼마나 많은가? 선이골 생활 3년째가 되면서 밤나무가 곳곳에 수도 없이 많다는 것을, 우리 밭에 있는 밤나무의 밤들을 우리가 다 주워도 선이골 야생 친구들에게 결코 큰 피해가 되지 않는다는 것을 알게 되었다. 우리의 노동력이라는 게 뻔해서 밭에 자란 밤나무의 밤도 결코 다 주울 수 없음도 알았다. 아, 이제는 얼마나 편안한 마음으로 밤을 주울 수 있게 되었나? 편안한 마음이 되고서야 나는 밤 줍는 일에 욕심을 부리지 않게 되었다.

나는 더 이상 선이골의 침입자가 아니라 선이골의 한 일원이 되어가고 있음을 느낀다. 밤을 주우면서 청설모 소리를 들어도 규탄하는 소리가 아니라 내게 인사하는 소리로 들린다. 그러기에 나도 기쁘게 화답한다. 우리가 선이골에 살므로 해서 야생 동물의 먹이가 다소 줄어들진 모르지만 우리도 그들에게 줄 수 있는 것이 있지 않을까? 먹이는 아닐지라도 야생 동물에게 보내는 우리의 관심과 축복 말이다.

인간이 저지른 자연 파괴의 역사 때문에 야생 동물들은 인간을 경계하고 믿으려 하지 않겠지만, 아주 개별적인 차원에서, 지극히 작은 부분부터 인간과 야생 동물의 관계는 변화할 수 있으리라 믿는다. 그것은 먼저 인간의 변화에서 시작되어야 하고, 그 변화는 인간과 야생 동물의 태초의 관계를 그리워하고 구함으로써 올 수 있을 것이다. 이제 오래된 밤나무들도 나의 밤 줍기를 욕심 많은 인간의 행위로 보지는 않는 것 같다.

동터오는 동쪽 산들을 바라보며 오늘도 나는 밤을 줍는다. 만추의 아침을 줍는다. 밤새 밤나무들이 떨구어낸 빛나는 밤알들…… 발길이 닿는 곳마다, 눈길이 닿는 곳마다 보석처럼 빛나는 밤알들. 수백 평의 야산에 널린 튼실튼실한 밤알들을 줍노라면, "자신의 과학적 발견은 진리의 바닷가에서 조개껍질 몇 개 줍는 어린아이와 같다" 고 한 뉴턴이 생각난다.

중학교 2학년 때였던가, 물리 시간에 뉴턴의 제1, 제2, 제3의 법칙을 공부하던 중 나로서는 아무리 사과가 땅으로 떨어지는 것을 본다 해도 거기서 제1 힘의 법칙을 사유할 수 없을 것 같은데 뉴턴은 어째서 가능했는가 하는 물음을 가졌다. 그때 나는 그 비밀을 알고 싶어서 뉴턴의 소박하고 단순한 생활을 흉내 내, 겨울에도 털스웨터 하나로만 지내고, 여름에도 그 털스웨터를 입고 지냈다. 밥 먹을 때도 고기는 피하고 야채만 먹

가을엔 온통 산에서 얻은 양식들로
밥상이 더욱 풍성해진다. 그 동안 기울인
온갖 정성과 노력의 결과를
거둬들이면서 선이골 식구들은 자연과
하늘에 더욱 감사하게 된다.

고, 불 때지 않은 추운 방에서 잠을 자기도 했다. 하지만 흉내 내는 것조차 너무 어려워 그랬는지 진리의 바닷가에 다가가기란 내게 너무나 요원한 일로만 느껴졌다.

재작년에는 비처럼 쏟아져내리는 밤들을 주우러 온 가족이 나섰지만, 올해 굳이 모두 들 잠자는 시간에 혼자서 밤을 주우러 숲에 가는 것은 그 진리의 바닷가를 만나고 싶어서이다. 그냥 떨어져 뒹굴고 있는 밤알들, 이것들은 밤나무가 선이골 형제들에게 주는 축복이다. 한 그루의 오래된 밤나무가 쏟아 붓는 축복의 밤알들이라니! 어쩌면 이리도 많은 밤알들을, 어쩌면 이리도 탐스럽고 빛나는 밤알들을 오래된 밤나무는 아낌없이 베푸는가? 나는 이제 진리의 숲 속에서 서성대며 숲이 베푸는 축복에 젖어든다.

초여름의 이른 아침과 저녁이면 밤나무는 풍성한 향기를 선물한다. 붕붕거리는 벌들의 날갯짓 소리와 함께, 그 향기는 우리에게 달콤한 계절이 오고 있음을 알려준다. 길다란 미백색의 밤꽃이 뚝뚝 떨어지고 나면 아기 밤송이들이 달리기 시작해 독 오른 것처럼 사방에 가시를 뻗치며 익어간다.

밤 가시는 조금만 찔려도 아프다. 그래도 가시 속의 밤은 얼마나 무독한가. 벌레들이 많은 까닭도 그래서일 것이다. 가시 속의 밤은 다 익으면 저절로 떨어진다. 무르익지 않은 밤알을 가시 껍질을 애써 벗겨서까지 꺼내는 것은 난폭하다. 다 익어서 달콤해진 밤알, 저절로 주워가라고 떨구어주는 밤알을 우리는 가서 줍기만 하면 된다.

몸에 좋은 밤, 구워서 먹으면 얼마나 맛이 있나. 오도독오도독 씹어먹는 날밤은 얼마나 고소한가. 찐밤을 온 가족이 둘러앉아 작은 숟가락으로 파먹는 재미는 어떤가. 벌레 먹고 남는 것은 말렸다가 콩과 함께 살짝 쪄서 '콩밤 미숫가루' 로 만들어 먹어도 겨울 한철 나기엔 얼마나 든든한가.

밤꽃 향기는 결코 우리를 현혹하는 게 아니다. 그것은 약속이다. 가을이면 주어질 탐스런 밤에 대한 약속. 밤이 열리더라도 그것은 가시에 덮여 있다. 스스로 알아서 쩍 벌어질 때까지 기다려야 한다. 나는 밤나무가 가르치는 그 기다림을 또 주워 담는다. 밤꽃의 약속에 대한 신뢰를 주워담는 것이다.

일주일 내내 혼자서 밤을 주우면서, 밤나무 숲의 진리를 주우면서 나는 나의 어린 다섯 형제들 삶이 뿜어내는 삶의 향기를 맡는다. 그 향기가 나를 현혹하는 게 아니라 약속임을 깨닫고, 그 약속을 내가 신뢰할 수 있기를 기도 드린다.

밤 가시 껍질에 둘러싸이는 것처럼 사춘기라는 가시에 둘러싸일, 그러면서 무르익어 갈 어린 형제들의 참된 열매를 기다릴 수 있기를, 비록 벌레가 득실거린다 해도 밤알 속 벌레를 귀여워할 수 있는 것처럼 어린 형제들의 삶에 드글거릴 벌레들도 귀여워할 수 있기를, 모든 형제들의 삶을 그리 대할 수 있기를 이 가을에 기도 드린다. 또한 하늘이 내게 취할 듯 뿜어대며 약속하는 언약을 신뢰하고 기다릴 수 있기를 빛나는 밤알들을 주우며 기도 드린다.

첫 수확, 그 황홀한 경험

선이골에 논이 생긴 것을 두고 많은 사람들이 관심을 보였다. 가을이 되자 이제 추수를 어떻게 할 건지에 대해 이야기들을 한다. 콤바인을 하루 빌려 벼 베기와 동시에 낟알들을 수확하라고 조언하는 사람부터, 자기네한테 벼 베는 날을 알려주면 우르르 몰려와 품앗이를 해주겠다는 사람도 있고, 자기 먹을 양식은 자기네가 해야 하니까 어렵더라도 처음부터 끝까지 손수 해보라고 하는 사람도 있다.

벼가 고개를 숙여가자 남편은 혼자 고심했던 것 같다. 벼 베기는 어찌어찌 우리끼리 손으로 한다지만 벼를 터는 일은 어찌해야 할지 막막했던 탓이다. 남편은 서울에 가서 옛날 탈곡기를 구해 볼까 궁리도 하고, 마을에 가서 탈곡기가 있는 집을 수소문하고 다니기도 했다. 다행히 쓸 만한 탈곡기 한 대를 옆 마을 할아버지가 보관하고 있어서 10만 원에 구해 왔다. 우리 집 농기계 제1호가 탄생한 것이다.

막내 원목이만 빼고 여섯 명이 낫 한 자루씩 들고 설레는 마음으로 논으로 들어갔다. 세 마지기 남짓한 논의 벼는 거름기

특별히 농기구를 보관하는 창고는 선이골에 필요가 없다. 문간 옆에 가지런히 놓았다가 필요에 따라 쓰면 된다. 대충 놓은 듯해도 언제나 쓸 수 있도록 항상 날이 세워져 있다.

없는 수렁논에서 자라서인지 들쭉날쭉했다. 그래도 이렇다할 보살핌을 받지 않은 벼치고는 쌀알들이 꽤 달려서 고맙기만 했다. 이 쌀알들이 우리의 양식이 된다는 게 믿어지지 않았다.

나는 난생 처음 잡아보는 벼 다발을 쥐고 힘껏 낫을 당겼다. 아, 그 부드러움이라니! 묵은 밭 가득하던 억새를 낫으로 베어 일구던 생각만으로, 억새와 같은 과科인 벼 역시 뻣뻣할 줄로 짐작하고 힘을 주었는데 벼는 한없이 부드럽게 자기 몸을 내어 주었다.

벼이삭의 부드러움과 낟알들의 출렁임으로 벼는 내게 말을 걸고 있었다. 벼베기는 힘들고 어려운 일이라고, 그래도 먹어야 사니까 애써 참아야 한다고 생각해 왔던 선입견이 깨어져나가면서 내 몸은 가볍게 흥분하고 있었다. 아이들은 마냥 신이 나서 노래를 부르고 소리를 지르며 벼를 베었다.

선목이와 주목이는 제법 폼까지 내가며 차근차근 베어가고, 일목이와 화목이는 우리 부부에게 들어왔던 논농사와 양식의 의미를 읊어대면서 입으로 벼를 베었다.

"농사는 먹는 것이 남는 것이다."

"농사는 하늘이 일곱 몫이고 사람이 세 몫으로 짓는다."

두 시간 가까이 일을 하고는 아이들은 이제 벼들을 날라다 논두렁에 펼치는 일을 했다. 가을 햇살 속에서 벼를 한아름 안고 논두렁을 거니는 아이들의 모습은 세상을 꽉 차 보이게 만들었다.

엄청난 양의 정보와 지식이 쏟아지는 이 시대에, 그 흐름을 타느라 머리털이 빠지도록 애쓰는 이 시대에, 나보다 더 과거로 거슬러간 방식의 교육을 받는 다섯 아이들을 보면서 나는 불안하고 두려울 때가 많았다. 그러나 벼를 한아름 안고 논두렁에 차곡차곡 펼쳐놓는 것을 보고 있자니 그 염려는 세상이 나에게 심어준 염려일 뿐이라 여겨졌다.

아니, 오히려 내가 배운다. 아이들은 벼베기를 하면서도 아무런 두려움이나 긴장 없이 신나게 대하는데 나는 그렇지 못하다. 아이들의 그런 자유로운 모습이 부럽다. 지난날의 버드나무 숲이 논으로 변하고, 그 논에 모를 심어 벼이삭이 달리고, 벼를 베게 되기까지의 전 과정을 아이들은 '그냥 그대로' 받아 안는데, 내 몸은 하나하나 단절되고 고립된 과정으로 받아들인 다음 나중에야 겨우 하나의 과정으로 조립한다. 나는 이 무모한 수고로움에서 벗어나고 싶다. 모든 것을 통째로 빨아들일 수 있는 열린 몸이 되고 싶다.

세 마지기 남짓한 논의 벼를 사흘에 걸쳐 다 베었다. 이제 논두렁의 벼들을 날라다 탈곡기—이것을 이곳에선 '둥글레통' 이라고도 부르고 '와랑와랑' 이라고도 불렀다—로 털어내는 일이 남았다. 하늘이 도와서 골동품이 되어버린 탈곡기를 별로 애쓰지 않고 구하게 되었지만, 기계에 대한 무서움 때문에 남편과 나는 함부로 하지 말라고, 조심들 하라고 아우성을 쳐가며 벼를 털기 시작했다. 아이들은 신기해서 자기네도 하고 싶어 안달복달했지만 남편과 내가 탈곡기 앞에서 하도 폼을 잡으니 묵묵히 벼만 날라왔다.

어느 날 책에서 쑥개떡을 본 일목이를 중심으로 화목이와 원목이가 쑥을 뜯어다가 쑥개떡을 만든다고 법석을 떠는 통에 선이골에 쑥개떡이 자리잡게 되었다. 생일 때도 쑥개떡 파티를 연다.

남편은 탈곡기 페달을 연신 밟으면서 손으로는 내가 쥐어주는 벼 다발을 받아 털어냈다. 선이골에 처음으로 우리 손으로 작동하는 탈곡기의 와랑와랑대는 소리가 울려퍼졌다. 둥근 탈곡기 통에 수없이 박힌 쇠못 사이로 벼 다발을 들이대기가 무섭게 낟알들은 타라락 소리를 내며 사방으로 튀어나갔다. 와랑와랑대는 탈곡기 소리와 벼 낟알들이 타라락 털려나가는 소리에 우리는 넋을 잃었다. 아이들은 뛰어다니며 벼를 날라오고, 원목이는 저도 한몫 거든다고 다 턴 볏짚을 한 곳으로 모았다. 땅에 넓게 펼쳐놓은 비닐에 벼 낟알들이 쌓여가기 시작했다. 우리는 "우와!" "우와!" 연신 감탄사를 내뱉었다.

25분 정도 탈곡기를 돌리고 나면 잠깐 쉬었다. 힘이 들어서라기보다는 참았던 웃음이 터져나왔기 때문이다. 누더기 같은 작업복에 구멍난 밀짚모자를 쓰고, 허연 수염을 날리며 한 발은 페달을 밟고 손으로는 벼이삭을 터는 남편의 모습! 와랑와랑대는 탈곡기 소리와 그 움직임에 바짝 졸아 있는 풋내기의 서투름과 일에의 즐거움과 흥분, 이제야 처자식에게 먹일 양식을 자기 손으로 털어내고 있다는 자기 모습에의 도취……

처음 보는 그 모습에 온갖 느낌이 한데 뒤엉켜서 나오는 우리의 웃음이었다. 와랑와랑, 타라락 하는 아프리카 토인 음악에 맞추어 정신없이 춤을 춰대는 모습 같기도 해서 우리는 한 번 웃기 시작하면 뱃가죽이 당길 만큼 웃었다. 옆에 핀 코스모스와 해바라기도 우리를 보며 함께 웃는 것 같았고, 햇빛도, 지나가는 바람과 구름도, 숲에서 날아다니는 새들도 다 웃는 것 같았다.

한참을 웃고 난 뒤 긴장했던 몸이 풀리자 우리는 출출해져 고구마 들밥을 먹었다. 그 꿀맛이라니! 산에서 야간 훈련했던 군인들이 하산하면서 우리 옆을 지나갔다. 다들 눈이 휘둥그레져서 우리를 바라보았다. 낭만적이라기엔 너무 힘들고 가난해 보이고, 불쌍하다고 하기엔 참으로 즐거워 보이니 이상야릇한 모양이었다. 몇몇 군인은 아련한 옛 추억을 떠올리며 관심을 보인 덕에 고구마를 얻어먹고 가기도 했다.

마당에 깔아놓은 비닐은 낟알들로 금세 가득해졌고, 우리는 낟알들을 편편하게 펼쳐서 도리깨질을 했다. 아이들은 그저 신기해서 서툰 도리깨질도 신나게 해대는데 나는 영화에서처럼 멋있고 유연하게 되지 않아서 짜증이 났다. 남편이 쉬지 않고 도리깨질을 하고 싸리나무 비로 지푸라기를 쓸어내서 모은 낟알들을 다시 사흘 가량 햇빛에 말렸다.

읍내에서 사온 수동식 풍구 기계를 돌려 마지막으로 말린 벼들에서 먼지를 제거했다. 아, 깨끗한 벼 낟알들이 일곱 가마 남짓 나왔다. 우리 손으로 농사 지은 쌀을 먹을 수 있게 된 것이다! 마침 쌀이 다 떨어져가고 있었으니 마을로 져 날라 방앗간에서 도정을 해와야 하지만 나는 신기하고 대견해서 그냥 벼로 저장해 두고 겨울 양식은 방앗간에 가서 사오자고 했다. 우리 가족은 현미로 일년에 여섯 가마 정도의 쌀이 필요한데, 세 가마를 방앗간에서 사다 먹고 우리가 수확한 벼는 그것이 다 떨어지면 도정해서 먹자고 고집을 피웠다. 처음으로 부자가 된 듯한 넉넉함과 여유로움을 오래오래 맛보고 싶어서였다.

때마다 먹을 양식을 사러 다녔던 내 몸의 고단함과 약국 문을 열기만 하면 날마다 꽤 괜찮은 벌이가 있었음에도 왠지 불안했던 그 마음의 정체를 비로소 알 것 같았다.

밭농사와는 달리 벼농사는 파종에서 수확까지 그야말로 온 가족이 벌인 한바탕 축제였다. 가장 신난 때는 탈곡할 때였다. 이제껏 남편과 살면서 이렇게 손발이 척척 맞은 적이 없었다. 가끔 쉬면서 서로의 일하는 모습을 두고 박장대소하는 것 외엔 한마디 말도 없이 한 몸이 되어 탈곡을 했다. 어떤 것도 서로 지지 않으려 하고, 정작 일보다는 언쟁과 토론으로 더 많은 시간을 보냈던 우리 부부로서는 참으로 신나고 통쾌한 경험이었다.

논농사의 그 무엇이 온 가족의 개성과 차이점을 넘어서 하나됨을 체험하게 했는지 잘 알지는 못하지만, 주된 양식인 쌀에 대한 경건함, 엄숙함이 주는 힘이 아니었을까 싶다. 하늘과 땅과 사람의 하나된 노력에 대한 숙연함, 그리고 풍요로움과 평화를 느꼈던 첫해의 수확은 우리를 그렇게 마냥 배부르게 했다.

겨울

옛 이야기 맛있는 겨울 밤

“어머니, 오늘 저녁엔 옛날 이야기 해주세요. 한참 동안이나 안 해주셨잖아요.”

“어머니가 글도 쓰고 공부할 게 있으니 너희들끼리 책 읽으려무나.”

“책 읽는 것보다 어머니가 얘기해 주는 게 더 재미있어요. 어머니, 하나만…… 꼭 하나만요, 예?”

“하긴 그래. 그런데 어머니가 알고 있는 옛날 이야기를 다 해버렸는데 어쩌냐?”

“전에 했던 거라도 해주세요. 들었던 이야기도 재미있어요.”

“너네들은 좋을지 몰라도 내가 싫어서 그런 거야. 음…… 좋아, 그럼 책 읽어줄게.”

아이들은 신이 나서 책꽂이에 가서 책을 고른다. 수백 권의 어린이 책들, 그 가운데 우리 손으로 산 책은 거의 없다. 서울에서 살 때 주운 것들이거나 아이들 이종사촌들이 보던 것, 아니면 이곳을 찾아오는 손님들이 선물한 것이다. 책은 아이들이 함부로 보지 못하게 되어 있고, 보려면 어머니 아버지에게 물어보아야 한다. 세상의 유행으로부터 자기 자식을 보호하려는 부모의 본능이기도 하겠고, 아이들의 선택 능력을 도와주기 위해서이기도 하다.

내가 어렸을 때나 지금이나 정말 멋진 책은 드문 것 같다. 이 책 저 책 뒤적이다가 《톰 아저씨의 오두막집》이라는 오래된 책을 골랐다. 책벌레 선목이는 내게 물어보지도 않고 이미 다 읽은 책이다.

"자, 오늘부터 사흘 동안 저녁마다 이 책을 읽자. 오늘은 삼 분의 일만 읽을 테니까 더 해달라고 억지 부리기 없기다."

"이야, 신난다!"

아이들은 일제히 둥그런 상을 가운데 두고 촛불 밑으로 모여든다. 아이들은 다섯 살쯤 되면서부터 옛이야기를 해달라고 조르기 시작했다. 그 전에는 주로 노래를 불러주었다. 아이를 품에 안으면 저절로 노래가 나왔고, 나중에는 내 노래에 내가 취해서 아이들이 잠들어도 열 곡, 열 다섯 곡씩 동요며 가곡이며 성가 들을 부르곤 했었다. 그런데 다섯 살들을 넘기면서는 저녁만 되면, 특히 길고 긴 겨울 저녁이면 옛이야기를 해달라고 집요하게 졸라댔다.

나도 그랬었다. 내 아버지는 사흘 밤 나흘 낮을 쉬지 않고 이야기를 할 수 있는 분이었다. 인절미처럼 쫄깃쫄깃하게 말을 풀면서 흥분하는 법도 없이 남녀노소 모두를 이야기의 세계 속으로 빨려들게 했다.

한여름 밤, 마당의 들마루에서 펼쳐지던 그 이야기 세계라니! 바람 부는 겨울 밤, 이불 속에서 숨죽이며 들었던 역사와 기담과 미담의 세계는 또 어떠했나! 자식의 성장에 세상 누구보다 깊은 관심과 애정을 가지고 있는 아버지의 이야기가 얼마나 강력한 감동의 힘을 가지겠는가? 그야말로 살아있는 목소리와 관심과 애정으로 쏟아부어지는 지식이고 지혜였다.

내가 아이들의 옛이야기 요청에 가능하면 기꺼이, 그리고 심혈을 기울여 응하려는 까닭은 내 아버지의 이야기 세계에서 받은 축복을 아이들에게도 전해 주고 싶어서이다. 무엇보다 나는 저녁 먹고 난 뒤 그 여유로운 시간에 온 가족이 아버지의 이야기를 듣는 분위기를 좋아했다.

날마다의 삶 속에서 이야기를 통해 우리가 배우고 성장하며 나눌 수 있는 것이 얼마나 많은가? 경청하는 습관, 자기 의견을 정확하고 정직하게 말하는 습관을 얻을 수 있을 뿐 아니라 같은 주제, 소재를 가지고 함께 공감하고 공명할 수도 있으니 말이다. 여기엔 아무것도 필요치 않다. 오직 진지한 몸과 진지한 이야기만 있으면 된다.

나는 종종 아이들에게 했던 이야기를 서

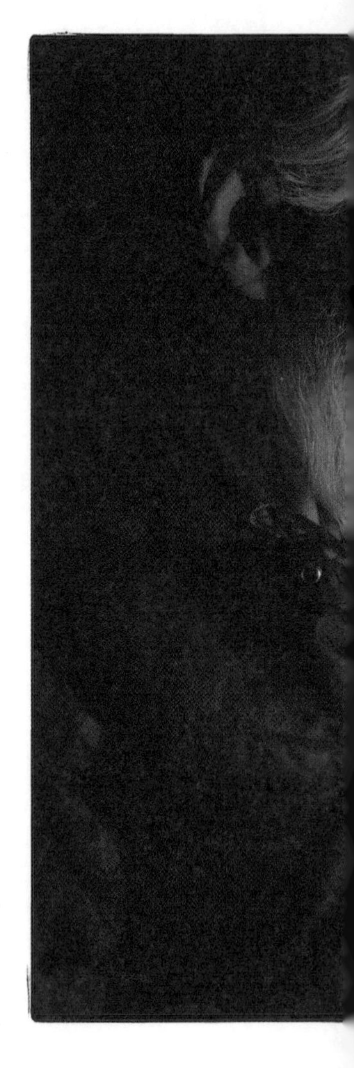

저녁 식사도 끝나고 하루를
마감하는 시간. 가족들에겐 못 다한
얘기를 나누기도 하는 깊은 쉼의
시간이다. 어둠이 깊어갈수록
촛불은 밝아진다.

너 번씩 다시 해주곤 하는데, 삶의 본질적인 주제를 담고 있는 이야기인 경우에 그렇다. 같은 소재, 같은 주제의 이야기를 할 때라도 다른 느낌으로 이야기하게 되고 또 아이들도 다른 느낌으로 듣는다. 같은 이야기를 되풀이하는 것도 처음 얘기하는 것 못지 않은 고도의 집중이 필요하다.

그런데 오늘 저녁의 경우는 그것마저 안 되는 날인 듯해《톰 아저씨의 오두막집》을 읽어주기로 한 것이다.

'책이란 이렇게 읽는 게야. 낭랑한 목소리로, 또박또박, 그러면서도 풍부한 감정을 넣어 듣는 사람들이 감동하게끔.'

아이들에게 이런 목적을 은연중 불어넣기 위해 내심 목소리를 가다듬고 책을 읽어간다. 방 한 구석에서 공부에 몰두하고 있던 남편도 아예 난로 옆에 누워서 같이 듣는다.

도망치는 노예들을 짐승 쫓듯 하는 노예 상인들을 피해 어린 아들을 끌어안고 미시시피 얼음 강을 건너는 흑인 노예 엘리저. 우리 아이들은 도저히 상상할래야 상상할 수 없는 흑인 노예 제도의 잔인하고 비참한 상태에서도 흑인 노예 톰 아저씨는 악에 저항하지 않으면서, 악에 저항하는 것보다 더 큰 감동과 메시지를 주변 사람들에게 전해 준다.

단지 흑인이라는 이유만으로 죽도록 고생하면서도 가족과 함께 살기는 커녕 짐승처럼 여기저기 팔려다니고, 그러다가 결국 죽고…… 백인 노예 상인이나 악한 레그리 같은 농장 주인은 너무도 잔학하게 흑인 노예들을 대하고…… 켄터키의 옛집에 살던 가족을 그리워하며 톰 아저씨가 〈켄터키 옛집〉이라는

설을 쇠기 위해 만든 가래떡은 겨우내 유용한 아이들 간식거리가 된다. 무쇠 난로 위의 떡이 노릇노릇해지기도 전에 아이들의 손놀림은 점점 빨라진다.

영가를 부르고, 나도 책을 읽다가 그 부분에선 조용히 노래 부르고…… 노래 부르다가 나도 모르게 흑흑대고…… 책 읽어주는 것을 숨죽이며 듣고 있던 아이들은 숙연해져서 내가 울음을 멈출 때까지 기다리고……

너무나 유명한 이야기라서 오히려 정독해 보지 않은 이 책을 아이들에게 읽어주면서 나는 책 속으로 깊게 빨려들었다. 150년 전 미국 역사의 한 장을 만나면서 나는, 시골 초등학교 교사였던 스토우 부인이 흑인 노예 제도의 문제점을 이토록 탁월하게 지적하고 그 책이 결국 흑인 노예 해방의 도화선이 되었다는 것을 다시금 떠올린다. 나는 나이 많은 톰 아저씨 옆에라도 있는 양 안타까움과 슬픔과 감동으로 계속 책을 읽어내려 갔다.

다음 이야기의 전개가 무척 궁금했지만 애써 참으며 삼분의 일까지 읽고 뒷부분은 내일 저녁에 다시 읽기로 하면서 책을 덮었다. 아이들은 아쉬운 숨을 내쉬며 저희들끼리 계속 톰 아저씨와 노예 상인 로커 그리고 톰 아저씨의 새 주인의 딸 에버 얘기를 나누며 이불을 편다.

잘 자라는 인사를 마치고도 선목이와 주목이는 이불 속에서 계속 톰 아저씨 이야기를 소곤댄다. 한 시간 가량 톰 아저씨 이야기에 흠뻑 젖어들었던 나 역시 남편과 감상을 나눈다. 언제 끝날지 모르는 우리 부부의 토론 포문이 이 밤, 우연찮게 책을 읽어주다가 열린다. 미국 역사에 스토우 부인처럼 놀라운 사람이 있었는지 새삼 느꼈다는 이야기, 사회의 가장 낮은 자리에 있었던 톰 아저씨의 생애야말로 어떤 삶이 사회의 악을 치유할 수 있는지를 보여주는 것이라는 이야기 등을 시작으로, 남편과 나는 족히 세 시간이 넘도록 인간과 종교와 삶과 시대의 문제에 대해 이야기를 나누었다.

내 어린 형제들은 어른들의 이야기를 어떻게 듣고 있을까? 어른들의 이야기를 들으면서 무슨 생각을 하고 밤새 무슨 꿈을 꿀까?

아늑한 선이골에 오직 한 채 있는 우리 집은 허구한 날 일곱 명의 말쟁이들이 펼쳐놓는 이야기들로 가득 차 흘러간다. 어느 먼 훗날엔 바로 지금 우리들 자신의 이야기를 쫄깃쫄깃한 인절미 먹듯 두고두고 이야기하게 되진 않을까? 촛불 아래, 난로 옆에서 나무 타는 냄새를 맡으며 읽고 나누었던 이 많은 이야기들, 이 깊고 아늑한 겨울밤의 분위기를 말이다.

“어머니! 저 이 뺐어요”

“자, 서둘러. 늦었어!”

눈이 올 것처럼 하늘이 잔뜩 흐려서 늦잠을 잤다. 나는 구름 낀 하늘처럼 늘쩡거리는 아이들에게 이불 개고 청소하고 오줌 단지 치우고 빨리 아침 체조 준비하라고 다그친다.

“자, 빨리 화목이, 원목이는 방 닦고, 선목이는 오줌 단지 치우고, 일목이는 밖에 나가 난로에 넣을 나무 더 가져오고…… 근데 주목이는? 주목이는 어디 갔어? 아까부터 보이지 않네? 또 냇가에 고기 잡으러 간 거야? 주목이 빨리 오라고 해.”

아이들은 해야 할 일, 하던 일 다 버리고 밖에 나가 주목이를 부른다. 한참을 부르는데도 아무 응답이 없다. 아이들이 흩어져서 찾는다.

‘아니, 어딜 간 거야? 설마하니 이 아침에 저 아래 냇가까지 갔을라고?’

순간 긴장한 내게 “어머니, 저 방에 있어요. 주목이 형 혼자서 이빨 뺀다고 구석에 앉아 있어요” 하며 일목이가 알려왔다. 일단 안심하면서 청소를 마치고 아침 체조를 준비한다. 아침

화목이가 머리 위에 온통 눈을 뒤집어쓴 채 눈모자를 썼다며 자랑을 하고 나섰다. 하얗게 내려앉은 눈이 시리지도 않은지 마냥 즐거운 표정이다.

체조하는 시간 내내 주목이의 모든 신경은 흔들거리는 앞니에 모아져 있다. 아침 체조와 아침맞이를 마친 뒤 나는 밥 지으러, 남편과 아이들은 땔감 하러 밖으로 나갔다.

늦잠 자서 늦어진 아침, 배들 고플 거라고 식사 준비에 부지런을 떨고 있는데, “어머니, 어머니! 뺐어요, 이빨 뺐어요!” 하며 주목이가 이를 들고 온다. 피 한 방울 없이 이 빠진 검붉은 잇몸을 드러내며 기쁜 웃음을 온몸으로 짓고 있다. 자신감과 성취감과 환희에 찬 주목이의 모습이 아름다워 나도 하던 일 멈추고 양팔 활짝 벌려 껴안았다.

“잘했어! 훌륭해! 자기 몸에 일어나는 일은 다른 사람 도움 없이도 할 수 있는 거라구. 봐, 너는 해냈잖아!”

격려에 한층 고무된 주목이는 나를 꼭 껴안은 채 기쁨으로 부들부들 떤다. 내게도 전이되는 주목이의 떨림……

앞니가 흔들거린다는 말도 없었다. 몇 날 며칠을 두고 이를 흔들어댔을 주목이. 아침에도 누구보다 일찍 일어나서 난로도 때지 않은 추운 방에 혼자 앉아서 도대체 무슨 생각을 하면서 이를 흔들어댔을까?

나는 젖니 빼는 것이 사람이 자기 몸의 요구에 처음으로 스스로 대처하는 귀중한 체험이라 여긴다. 주목이가 손으로 이빨 빼는 것을 시작으로 훗날 자기 몸의 어떤 질병이나 변화에도 이런 식으로 대처할 수 있기를 바라면서 함께 기쁨을 누렸다.

작년에 흔들거리는 아래 앞니 하나를 처음 빼던 날, 주목이는 와들와들 떨면서 가족의 도움을 받아 이를 뺐었다. 빼고 나서 검붉은 피를 계속 뱉어내며 한바탕 울어댔다. 두 번째 아래 앞니도 어쩔 수 없이 실에 묶어서 아버지의 도움으로 뺐다. 흔들거리는 젖니는 이제 제 할 일을 다해서 뿌리가 약하기 때문에 건드리기만 해도 금세 빠진다고, 아프지 않으니까 걱정하지 말라고, 사람이면 누구나 어릴 때 겪는 일이라고 온갖 얘기를 해주면서, 그래도 두려움으로 뻣뻣해져 고집 피우는 주목이에게 늦게 빼면 덧니가 나서 평생 못난이로 살게 된다고 윽박지르면서까지 온 가족이 함께 치렀던 행사였다.

셋째 일목이는 만 일곱 살이 되면서 아래 앞니를 뺐다. 형들이 이 빼는 것을 봐왔기에 겁이 안 났던 것 같다. 혼자서 빼가지고는 깨끗이 씻어서 내게 보관해 달라고 맡겼다. 《허클베리 핀의 모험》을 읽고 빠진 이를 모아두었던 내 어린 시절의 이야기도 듣고, 자기의 이를 빻아 먹으면 평생에 이가 빠지는 일이 없다는 어느 민간 비방을 본 뒤로 내가 사랑니를 간직하는 것을 보기도 하면서, 일목이도 자기 이를 내게 맡긴 것이다. 선목이도 막내 원목이가 달라고 떼쓰는 바람에 세 개는 잃어버렸지만 어금니 하나는 가지고 있다.

주목이는 이것이 부럽다. 자기는 벌써 이빨을 네 개나 뺐는데 하나도 남은 게 없기 때문이다. 날아다니는 곤충, 기어다니는 벌레, 새, 뱀, 쥐, 물고기, 그 징그러운 구더기조차 손으로 만지면서 그것들에 집요한 관심을 갖는 주목이는 손톱, 발톱, 동전, 나무껍질, 톱밥, 지렁이 똥, 살 껍질, 심지어 지우개 찌꺼기조차 모으기를 좋아한다. 하물며 자기 이빨임에야! 그런데

선이골의 유일한 난방은 무쇠 난로에 나무를 때는 것. 아이들은 어느 나무가 잘 타는지, 어느 가지가 잘라도 되는 죽은 가지인지, 톱질과 도끼질은 어떻게 해야 하는지 몸으로 알아가고 있다.

'짱뚱이' 라는 아이가 등장하는 만화를 본 뒤 빠진 이빨을 지붕에 던져야 하는 줄만 알고 그냥 버렸지 뭔가!

주목이는 자기 손으로 뺀 앞니를 손에 들고 와서 자신감과 기쁨에 찬 목소리로 신신당부를 한다. 너무 소중해서 자기가 보관했다가는 잃어버릴 것 같다고. 주목이의 그 마음에 함께 한다는 것을 확인시키고자 나는 주목이의 이를 아이들 탯줄을 담아둔 주머니에 넣었다. 탯줄 주머니에 자기 이가 보관되는 것을 확인하고 주목이는 환희로 가득 차 날듯이 뛰어나갔다.

한낮이 되었을 때 방 안에 있는 나를 부른다.

"어머니, 보세요. 이 땔감들을 보세요!"

크고 작은 여러 빛깔의 참나무를 빽빽하게 가지런히 많이도 쌓아놨다.

"설거지하고 나서 한 거예요. 냇가에 가기 전에 오늘 할 일 다하고 가려고요."

모든 곤충이 겨울잠에 들어가서 이제는 냇가의 물고기에 온통 마음이 쏠려 있는 주목이가 이를 자기 손으로 빼고, 뺀 이를 잘 보관하고 나니 자신감으로 가득 찬 것이다.

"야, 이건 예술이야, 예술. 보라구. 얼마나 아름답게 땔감을 했는지. 저 가지런히 쌓아놓은 모습…… 야, 이건 사진을 찍어야 돼, 이럴 때 사진을 찍는 거라구."

"그래요, 어머니. 사진 찍어요."

사진 찍는 것을 별로 좋아하지 않지만 자랑스러운 자기 몸에 취해서 주목이는 어쩔 줄 몰라한다. 나는 주목이의 그 체험을 알 것 같다. 내가 집에서 혼자 원목이를 낳았을 때 느꼈던 그 느낌과 비슷하리라.

몸은 얼마나 예민한가? 얼마나 부드럽고 온유한 손길을 바라는가? 몸은 비록 아프더라도 난폭하게 다루어지지 않기를 바란다. 네 아이 끝에 원목이를 낳을 때 죽는 한이 있어도 병원 가지 않고 굳이 집에서 낳고 싶었던 이유도 내 몸에 가해지는 난폭함과 새로 태어나는 몸을 다루는 그 천박함이 견딜 수 없을 정도로 싫었기 때문이다. 난폭하게 다뤄지는, 마치 목숨도 감정도 없는 기계처럼 다뤄지는 그 치욕스러움을 참느니 차라리 집에서 아이 낳다 죽는 사람이 되는 게 참을 만하다고 생각했다.

나는 서울 봉천동에서 보낸 10년 약국 생활과 이곳에서의 생활을 통해 사람의 만들어짐과 태어남과 자라남, 그리고 죽음, 심지어 사람의 질병조차도 우리 몸에서 이루어지고 있는 하늘의 사랑이라고 믿게 되었다. 우리를 부수어버릴 것 같은 질병의 아픔까지도 제멋대로 살아온 우리를 돌이키려는 하늘의 애타는 부름이라고 믿게 되었다.

아무도 가르쳐주지 않아도 때가 되면 걷고, 아무런 애를 쓰지 않아도 때가 되면 젖니가 빠져 튼튼한 영구치가 나오고, 다만 밥 먹고 똥 싸고 잠잘 뿐인데 점점 키가 자라고 힘이 세어지고 어른이 되고…… 이 놀랍고 기적 같은 일이 우리 몸 안에서 우리도 모르는 사이에 날마다 이루어지고 있지 않은가.

선이골의 나무와 풀을 키우는 저 햇빛과 새벽 영롱한 이슬처럼 우리 몸도 늘 하늘의 사랑을 받아 자라는 것이다. 나는 우리 아이들이 자기 몸 안에서 이루어지고 있는 그 놀라운 사랑의 역사를 온몸으로 느끼길 바란다. 지상에서의 단 한 번뿐인 삶을 살면서, 단 하나뿐인 자기 몸에서 일어나고 있는 온갖 기쁘고 슬픈 일을 하늘과의 만남 속에서 느끼며 겪어 나아가기를 바란다.

내가 어린 다섯 형제들의 이 뽑기에 깊은 관심을 가지는 건 바로 그것이 태어나서 처음 느끼는 자기 몸의 결정적인 변화이기 때문이다. 그 변화 이면에 역사하는 하늘의 놀라운 손길을, 비록 무섭고 고독하고 오래 참아야 하지만 그 과정에서 누구도 생생하게 가르쳐줄 수 없는 하늘의 사랑을 느끼길 바라기 때문이다. 자기와 하늘, 단 둘의 만남에서 미련 없이 느끼길 말이다.

"주목아. 네가 이를 뺄 수 있을 정도로 손가락에 힘이 생기니까 이도 거기에 맞춰서 빠지는 거야. 일목이는 너랑 한 살 차이밖에 안 나도 아직 윗니는 안 빠지잖아? 화목이는 일목이랑 한 살 차이도 아니지만 손가락에 힘이 부족하니까 이가 하나도 흔들리지 않는 거고. 이제 너는 멋진 형이 되어가는 거라고."

열어야만 살아갈 수 있는 외딴 집

오일장에 가서 생강 두 근과 까나리 액젓을 샀다. 그리고 우리 집 배추만으로 김장을 하기엔 약간 부족할 듯싶어 멋둔마을 혜림이네 집에서 조금 더 얻어왔다. 늘 그랬듯이 혜림이 할아버지가 차로 실어다주셨다. 언제나 이런 의존에서 벗어날 수 있을까? 혜림이네 도움이 없고서는 이곳에 살기가 쉽지 않았을 것이다.

생활의 아주 작은 부분부터 크고 근본적인 것까지 일일이 그들 가족의 도움을 받는 우리를 그들은 어떻게 보고 있을까? 내가 이들과의 관계를 소중하게 생각하는 것은 이 관계를 통해 사람이 무엇으로 사는지, 무엇을 진정 바라는지를 깊이 느끼고 배우기 때문이다.

이곳에 오기 전에는 세상에 이들과 같은 이웃이 있으리라고는 상상조차 못했다. 이곳에 와서야 내게서 '이웃사촌' 이라는 말이 죽어가고 있었음을 깨달았다. 피해 의식과 익명과 오직 나만의 노력으로 이루어지는 삶에 익숙해 있던 나. 나는 아직도 도움을 주고받는 데 어색해 하고 부담스러워한다. 너무 신

깊은 강원도 화천군 선이골. 눈이 참 많이도 내렸다. 선목이는 동생들과 이제 곧 눈싸움을 벌일 것이다. 누구랑 한 편을 먹어야 할지 잠시 즐거운 고민을 한다.

세를 진다는 생각, 도움을 받은 만큼 내 쪽에서도 줘야 한다는 부담감과 피해를 주는 것은 아닌가 하는 긴장감 등 여러 감정이 복잡하게 얽히는 것이다.

아마도 40여 년간 학습되어 온 관계 맺기 방식 때문일 것이다. 받으면 줘야 하고, 염치가 있어야 하고, 남에게 의존하지 말아야 하고, 남들이 나를 어떻게 생각할까 염두에 두어야 하고, 남들의 생활에 관심을 가지고 도와주어야 한다는 등등…… 모두 그른 말은 아니지만 그런 말을 받아들일 수 없을 만큼 힘이 들면 나는 아예 관계 자체의 문을 닫아버렸다. 차라리 무관심이, 익명이 좋았고 혼돈스런 관계에서 도움을 주고받으며 사느니 모든 것을 내 힘으로 해나가는 게 편했다.

그러나 나는 이제 혼자가 아니었다. 허연 수염의 남편과 다섯 명의 아이들과 함께 살아가는 몸이다. 나 혼자라면 내가 편한 대로, 하고 싶은 대로 살다가 죽으면 그만일 수도 있다. 그러나 이 지상의 생애에서 '한 몸'을 이루어야 할 남편과 나의 일거수일투족을 지켜보는 열 개의 초롱초롱한 눈동자가 있다. 내가 어떻게 하느냐에 따라 앞으로의 삶에 큰 영향을 받을 수 있는 다섯 나무들……

나는 낙원 같았던 수십 명의 혈연 공동체 속에서 부모, 형제, 친척, 이웃 들로부터 각양각색의 사람들과 관계 맺는 법을 배우며 자랐다. 제주도를 떠나 서울에서 20년 가까이 뜬구름처럼 살던 때에 나를 지킬 수 있었던 것도 어린 시절 보고 듣고 익힌 관계 맺기의 이자 때문이었다.

고향에서 받은 그 이자가 다 떨어지자 나는 더 이상 서울에서 살 수 없었고, 아이들의 '고향'을 위해서 이곳으로 왔다. 서울을 떠나올 때 버렸으면 좋았을 물건까지 다 싸들고 왔다. 무관심과 나만의 힘으로 서울에서 20년을 살면서 습득한 삶의 두려움 때문에 혹시나 하면서 죄다 들고 온 것이다.

아랫마을에 살다가 사륜 구동차조차 올라오기 힘든 선이골로 들어온 뒤로 혜림이네 가족은 이사 비용 한푼 받지 않고 우리가 필요할 때마다 이삿짐을 실어다주었다. 1톤 트럭으로 다섯 대 분은 족히 됨직한 무지막지한 살림을 몇 년에 걸쳐 조금씩조금씩……

농사의 '농'자도 모를 뿐더러 늙은 암소마냥 편견과 고집에 꽉 찬 내가 농사를 배우는 동안 혜림이네는 때마다 철마다 반찬거리를 챙겨서 이곳까지 가져다주었다. 다섯 명의 아이들은 부쩍부쩍 커가는데 쌀 걱정, 논 걱정은 하지 않고 태평스럽게 세상을 논하고 인생을 논하는 우리에게 그들은 바쁜 농번기에도 와서 수십 년 전에 써먹던 논 가래질을 해주었다.

오줌에 절은 이불을 죄다 차에 실어 가져가 세탁기로 빤 뒤 말려서 가져다주기도 했다. 전화도 통신도 되지 않는 우리에게 급한 연락이 오면 밤중에도 소식을 가지고 왔다. 내 고향 제주도에서 귤이나 여러 가지 선물이 오면 차에 싣거나 지게에 져서 가져다주기도 했다. 큰 홍수나 폭설이 오면 제주도의 가족들은 이들에게 우리의 안부를 대신 물었다.

그런데 나는 김장용 무와 배추에 거름이 부족한 것 같다며

소복이 내린 눈이 자전거를 덮었다. 형제들 중 누군가의 엉덩이를 싣고 산 속을 누비며 내달렸을 자전거가 겨울엔 인기가 없다.

손수 비료를 가져와서 뿌려주는 60대 후반의 혜림이 할아버지에게 왜 화학 비료를 뿌리느냐고 항의한 적도 있었다. 때마다 철마다 "이것은 이렇게, 저것은 저렇게 해야 한다" 고 얘기해 주며 "도움이 필요하면 언제든지 부탁하라" 고 하면, 우리는 "우리가 다 알아서 할 건데" 하면서 내심 간섭으로 느끼며 껄끄러워하기도 했다.

현관문만 닫으면 그때부터는 철저한 무관심과 익명의 세계 속으로 들어가는 서울에서의 생활에 비한다면 이곳 생활은 활짝 열려진 생활이다. 이곳에선 나도 남도 완전히 열어야만 살아갈 수 있었다.

열린 생활에 익숙지 않아 처음엔 신경이 곤두서서 꽤나 피곤했다. 하늘의 이끄심이라고밖에 달리 말할 수 없는 혜림이네 가족과의 인연…… 낯설고 물선 이곳 생활에서 우리는 혜림이네 가족과의 만남을 끈으로 하여 화천의 여러 이웃들에게 우리 마음을 열어놓기 시작했다. 전화도 자동차도 우체통도 없을 뿐더러 사람이라곤 우리 가족밖에 없는 이 외딴 산골짜기 집이 이토록 열려 있게 될 줄이야!

휴우! 그럼에도 이웃과 하나되기란 얼마나 어렵고 힘든 일인가? 호랑이 새끼들마냥 뒤엉켜 선이골 동산에서 뛰놀며 지내는 우리 아이들을 어찌 이웃 사촌들과 하나되는 삶으로 이끌 수 있을까?

이곳 생활이 처음엔 너무 막막하고 외로운 것 같아 도시를 떠나 새로운 삶을 찾는 이들과 함께 살아볼까도 생각했었다.

여러 가족이 모여 귀농한 사람들이 부럽기도 했다. 그럼에도 40여 년 삶에서 무엇보다 힘들었던 것이 사람들과의 관계에서 겪는 혼돈이었기에, 그 혼돈이 두렵고 자신 없어서 그냥 버텨 왔다.

무한 경쟁이 최상의 가치로 추구되는 이 시대에 이웃의 의미는 무얼까? 사람과 사람이 하나된다는 것은 무엇을 뜻하며, 무엇이 하나되게 하는 걸까? 수천 년 동안 이 겨레의 그 무엇이 피 한 방울 섞이지 않은 이웃을 사촌지간으로 묶어냈을까? 또 수천 년을 살아온 이 겨레의 두레 삶을 누가, 무엇이, 어떤 과정을 거쳐 부수었을까? 그 두레 삶을 내 어떤 노력이, 능력이, 프로젝트가 되살려낼 수 있을까?

경전 공부로 어찌어찌 하늘의 뜻을 알 것도 같았고, 유기농 · 자연농의 농사 짓기로 어찌어찌 땅과 하나될 것 같기도 했지만, 사람과 사람이 하나됨은 너무나 어렵고 막막했다. 그러던 내가 이곳 선이골에 살면서 알게 된 것은 하늘과 하나됨, 땅과 하나됨은 바로 이웃과 하나됨에서 드러난다는 것이다.

눈엣가시 같은 미운 놈에게도 떡 하나 더 줄 수 있는 그 마음이 피 한 방울 섞이지 않은 이웃을 사촌지간으로 묶어내지 않았을까 어렴풋하게 느낀다. 아이 기르기와 농사 짓기를 통해 하늘과 땅과 하나됨을 알아가고, 알아가는 만큼 이웃과 하나됨을 꿈꾼다. "미운 놈 떡 하나 더 주는 마음"을 하늘에 구할 수 있게 되었다.

오늘도 이웃에 마실 가는 내 발길에, 지친 우리 이웃에 대한 도타운 정이 배어 있는가 살핀다. 이 모든 것을 아이들은 왕방울 같은 눈으로 지켜보고 있다. 우리들의 삶의 터전 '고향'을 그리며 아이들은 자신들의 꿈을 키워간다.

땔감을 준비하며

쇠기둥에 손이 쩍쩍 달라붙는 추운 겨울 아침, 나는 똑똑똑 아침 밥상에 올릴 무를 썬다. 막내 원목이는 종종걸음으로 씻어 놓은 그릇도 나르고 양파도 까주면서 나를 거든다. 아궁이 잉걸불에서 밥이 뜸을 자고, 난로 위에서는 부글부글 감자가 조려진다. 나는 가시 돋친 새파란 배추를 씻어 큰 접시에 얹는다.

남편은 밖에서 네 아들을 데리고 배고픈 것을 참아가며 쓱쓱싹싹 톱으로 땔감을 하고 있다. 남편은 앉아서 느긋하게 켜고, 첫째 선목이는 일어서서 부지런히 켜고, 둘째와 셋째도 있는 힘을 다해 켠다. 넷째 화목이는 자기도 형들 못지 않게 할 수 있다는 걸 보여주기라도 하려는 양, 두 다리를 쩍 벌리고 얼굴이 시뻘겋게 되도록 힘을 쓰며 커다란 참나무를 켠다. 모두들 쓱싹쓱싹 왔다갔다하는 톱날의 움직임에 열중해 있는데 쩍 벌어진 화목이 두 다리 사이에서 "뿡—" 하는 소리가 들린다.

"누구야? 누가 방귀 꼈어?"

나무 켜는 일에, 식사 준비에 열중해 있던 우리의 몸은 웃음바다가 되면서 일제히 풀어진다.

갑자기 뚝 떨어진 날씨 탓에 땔감을 더 많이 만들어놓기로 했다. 땔감 만들기는 사내 녀석들의 몫이다. 장작을 패는 일부터 가지런히 쌓아놓는 것까지 솜씨가 예사롭지 않다.

"자, 이제 그만하고 아침맞이하자."

겨울철 선이골에서 해야 하는 최고의 일은 땔감하기다. 10월 하순부터 시작해 다음해 4월 초순까지 장장 여섯 달 동안 우리 집 다섯 부자는 하루도 쉬지 않고 나무를 해야 한다. 가을걷이도 끝내고 김장도 끝낸 11월 하순부터 12월 중순 사이에 본격적으로 땔감 준비를 한다. 대설 무렵부터 눈이 오기 시작하면 다음해 2월까지, 심하면 3월 초순까지도 녹지 않으니, 온 천지가 눈에 덮이기 전에, 무릎까지 푹푹 빠지는 눈 속에서 나무를 자르고 그 나무를 어깨에 인 채 눈 속을 헤치며 걷게 되기 전에 부지런을 떨어야 한다. 젖은 나무에 불을 붙이려면 펑펑 솟아나는 연기 속에서 고생을 배로 하게 되기 때문에라도 서둘러야 한다.

남편은 매일 아침마다 아침 식사가 준비되기 전까지 빽빽하게 들어찬 참나무 숲에 들어가 나무를 하나씩 솎으며 잘라온다. 아이들도 이곳에서 세 해째 겨울을 맞이하면서부터는 땔감 도사들이 다 되어간다. 삭정이부터 굵은 나무에 이르기까지, 심지어 불쏘시개 종이 상자까지 나무 난로를 때는 데 필요한 모든 것을 저희들끼리 챙겨낸다.

굵은 나무토막은 도끼로 쪼개서 차곡차곡 쌓고, 나머지도 비슷한 길이로 잘라 알뜰하게 쌓는다. 겨울 햇살 속에서 슬겅슬겅 톱질을 하며 부르는 아이들 노랫소리가, 갈갈갈 터져나오는 웃음소리가 선이골에 가득하다. 아이들은 한참을 일하다 와서는 자기들이 한 여러 빛깔의 땔감, 보기만 해도 따뜻해져 오는 높게 쌓인 땔감을 보면서 흡족해 한다.

선목이는 톱질을 하다가 멈추고는 톱을 들어 한쪽 눈을 감고 톱날의 상태를 살핀다. 날이 양쪽으로 쩍 벌어져 있는지를 보는 것이다. 그 모습이 진지하기까지 하다. 오일장에서 톱 가는 도사님(?)에게 몇 번 가르침을 받더니 톱을 다루는 모습들이 꽤 폼난다.

오일장에서 톱을 갈아 온 지 며칠 되지도 않았는데 화목이가 톱이 잘 안 든다고 줄을 찾아다가 톱을 갈려고 한다. 할 줄도 모르면서 톱을 간다고, 멀쩡한 톱날을 망친다고 형들한테 핀잔을 바가지로 듣고서야 마지못해 그만둔다. 톱질은 잘하는데 아직도 정리정돈하는 게 몸에 배지 않아 톱에 녹이 잘 슨다. 선목이는 맏이답게 자기 톱을 반짝반짝 잘 간수하여 아우들의 부러움을 산다. 주목이는 쇠 수세미에 비누를 묻혀 손이 시린 줄도 모르고 톱의 녹때를 벗겨낸다. 저희들 손발의 때도 저렇게 잘 씻으면 좋으련만……

아이들은 땔감을 하면서 나무들에 대해 알아간다.

"산에 올라 산나무, 십리절반 오리나무, 방귀뀌어 뽕나무, 낮에도 밤나무, 덜덜덜 사시나무, 입 맞추어 쪽나무, 칼에 베어 피나무, 거짓 없는 참나무……"

톱질을 하면서 손으로 전해지는 나무들의 질감을 통해 나무의 성질을 알아간다. 소나무나 피나무, 은사시나무, 버드나무는 나무 살에 톱날이 끼여서 애를 먹이고, 밤나무, 오리나무, 거제수나무, 산벚나무는 참나무나 뽕나무에 비해 톱질하기가

한참 땔감 쌓기를 하던 형제들이 휴식 시간에 맞춰 기념 사진을 찍어달라고 했다. 제 할 일을 다하고 있다는 표정으로 득의만만한데, 막내 원목이가 오빠들의 수고를 격려하며 슬쩍 옆자리에 끼었다.

누워서 식은 죽 먹기로 쉽지만 그 대신 불 힘이 오래가지 않는다는 것도 알게 된다.

특히 진득하니 마지막 재가 될 때까지 일정하게 타올라 긴 겨울밤 우리들이 안심하고 따뜻하게 잘 수 있도록 해주는 참나무에 대해선 아는 것이 많다. 두꺼운 참나무 껍질은 코르크질이라서 그 자체가 자기 몸을 태울 수 있는 불쏘시개이면서도, 비가 새지 않고 가벼워서 옛날 산간 마을의 지붕 재료로 안성맞춤이었다는 것, 같은 굵기의 나무라도 참나무가 가장 무겁다는 것, 울퉁불퉁한 참나무의 살갗을 만져보면서 나무의 나이를 헤아려보고 왜 참나무가 사람의 뼈와 근육을 튼튼하게 하는지, 참나무가 있는 곳엔 왜 물이 있는지, 참나무 부엽토는 왜 거름기가 많은지, 짐승들이 왜 참나무가 많은 숲에 사는지 등등을 몸으로 알아간다.

몇 해 째 선이골 나무들을 만나면서 아이들은 형제 같은 느낌을 받는 것 같다. 껍질만 보고서도, 나무의 결만 만져보고서도 그 이름과 성격을 알아낸다. 때로는 무섭게 휘몰아치는 바람 속에서 쓰러지지 않으려고 부대끼는 나무들의 몸부림을 느끼며 아이들은 바람 속에서 크는 나무가 뿌리가 깊어진다는 것도 알아간다. 자기들도 저렇게 거짓 없이 하늘 향해 바르게 자라리라 꿈을 품기도 한다.

처음 선이골에 들어왔을 때 가장 큰 걱정거리는 난방이었다. 난방 공사가 안 된 집이었기 때문이다. 온돌을 넣자니 보통 큰 공사가 아니고, 보일러를 하자니 전기가 없고, 겨울용 귀틀집이라도 조그맣게 짓자니 여간해서 엄두가 나지 않고, 난감함 속에서 하루 이틀 속수무책으로 겨울을 맞이했다. 다행히 철제 판 위에 올려진 집이라 그 위에 5센티미터 정도의 스티로폼을 깔고 다시 베니어판을 깔아서 방 기온만 차지 않으면 견딜 만했다.

그래서 우리가 선택한 것이 옛날에나 쓰던 무쇠 난로였다. 첫해엔 나무나 톱, 난로의 성질에 대해서도, 언제 땔감을 준비해야 하는지도, 장작을 얼마만큼의 길이나 두께로 잘라야 하는지도 아는 바 없이 겨울을 났다.

온갖 나무들이 빽빽하게 둘러섰지만 우리는 겁이 나서 살아 있는 나무에 감히 톱을 댈 수조차 없었다. 태풍과 폭설로 쓰러진 소나무들만 가져다가 땔감으로 썼는데, 아, 소나무는 얼마나 잘 타는가? 순식간에 무쇠 난로가 벌겋게 달아오를 정도로 활활 타버리는 소나무…… 하룻밤에도 네댓 번은 일어나 다시 불을 피워야 하니 아침에 일어나면 정신이 몽롱했다.

그래서 생각한 것이 소나무를 길게 잘라서 넣는 방법이었는데, 그러면 불붙이기도 어렵지만 펑펑 새어나오는 연기 때문에 눈물이 마를 새 없고, 방 안 벽지는 순식간에 거멓게 그을러버렸다. 애를 써가며 가까스로 불을 피워놓고 자다가 너무 더워서 방문이란 방문은 죄다 열고는 심호흡을 한 때도 있었다.

하, 그래도 우리는 얼마나 행복했나? 무쇠 난로를 얼마나 고마워했으며, 땔감을 조금만 해도 금세 따뜻해지니 굳이 생나무를 자르지 않아도 되어서 마음은 또 얼마나 편안했는가?

첫해 겨울이 물러갈 즈음 우리 가족은 지독한 독감으로 겨울

앓이를 심하게 했다. 연기에 그을린 몸으로 미련 없이 앓았다. 그러면서 우리 몸은 선이골 나무들과 친해졌고, 또 이웃 마을 형제들이 귀가 닳도록 들려주던 살림의 지혜도 조금은 알게 되었다. 너무 빽빽하게 들어차서 자라지 못하는 나무들, 밤이 열리지 않는 밤나무 등 솎아내도 괜찮을 나무를 구분할 줄 알게 된 것이다. 그렇게 숲이 살고 우리가 사는 방법을 하나씩 익혀가기 시작했다.

어린것들을 데리고 오직 톱으로만 땔감을 하는 남편의 모습이 안타까웠던지 옆 마을에 사는 재영 씨와 창석 씨가 엔진 톱으로 겨우내 때고도 남을 만큼 땔감을 해주고 가기도 했다. 예순을 바라보는 남편의 몸과 우리 손으로 짓기로 한 귀틀집 재목 마련을 생각하면 엔진 톱을 살까 하는 유혹도 들었지만 그때마다 마음을 다잡았다. 이런 고집 때문에 우리를 아끼는 이웃 형제들은 더 애달파하지만, 그러기에 더욱 깊어지는 그들의 사랑을 느끼게도 된다.

하늘은 나무로 시를 짓고 노래하는 것 같다. 하늘의 노래, 나무의 노래가 선이골 겨울을 가득 채운다. 집 안에선 난로의 따뜻한 노래가 우리를 하루종일 감싸 우리 몸에선 나무 냄새가 난다. 방 안도 나무 냄새로 가득하고, 책이며 살림살이에서도 나무 냄새가 난다. 내가 보낸 편지에 나무 냄새 가득하다는 답신이 오는 걸 보면, 그 냄새는 선이골을 벗어나도 사라지지 않는가 보다.

봉순이에게서 배우다

"봉순아— 봉순아— 봉—순—아—!"

금세라도 부스럭거리며 낙엽을 헤치고 달려나올 것 같은 봉순이는 영영 나타나지 않고 그 이름만 허공에 부서졌다.

봉순이는 우리 집 개다. 서울을 떠나 이곳으로 올 때 친구가 구해다 준 진돗개 잡종이다. 낯선 이곳 생활에 봉순이는 우리의 동무였을 뿐 아니라 숲 속의 길잡이였고, 산짐승으로부터 우리와 작물을 보호해 주는 지킴이였다.

봉순이는 모든 것을 우리와 함께했다. 여름날 밤 모닥불을 피워놓고 긴 의자에 온 식구가 앉아 옛이야기를 듣고 노래 부르고 할라치면 어린 화목이와 일목이를 엉덩이로 밀어내며 애써 내 옆에 와서 듣곤 했다. 우리가 맛없는 산복숭아라고 너나 먹으라고 던져주면 쳐다보지도 않다가 맛없는 것도 맛있다고 하면서 주면 정말 맛있게 먹었다.

차를 타고 어디로 가야 할 때만 빼놓고는 우리와 모든 것을 함께한 봉순이…… 한 마리의 짐승이 보여준 신뢰와 애정에서 우리는 참으로 많은 것을 배웠다. 닭이나 오리 외에는 거의 모

사라진 봉순이 대신 떡 하니 자리를 잡은 수캐 뭉칼이. 낯선 이들을 보면 가볍게 짖어대긴 하지만 금세 꼬리를 내리고 제 몸을 비벼대며 아양을 떨곤 한다. 아이들에게 더없이 소중한 친구다.

든 짐승에 대해 본능적인 두려움을 가지고 있던 내게 봉순이는 그 두려움을 깊게 들여다보며 넘어설 수 있는 다리 역할을 했다. 많은 사람들이 "사람이 무섭지 짐승들은 아무것도 아니라"고 수없이 얘기해도 나는 그렇지 않았다. 아무리 꼬리치며 내게 달려오는 강아지라 해도 그 속에 잠자고 있을 야성이 언제 나를 공격할지 모른다는 두려움과 불안이 있었다.

그런데 봉순이는 나의 그 두려움과 불안은 짐승들에게서 비롯되는 것이 아니고 자연계의 법칙을 벗어난 인간의 삶에서 비롯된 것임을 깨닫게 해주었다. 또 짐승들이 인간으로부터 사랑과 배려를 받고 싶어하고 더불어 살기를 얼마나 간절히 바라는지도 알려주었다.

그런 사실을 깨닫게 되었을 때 봉순이는 홀연히 우리 곁을 떠났다. 한시도 떨어져 있지 않으려 했던 봉순이가 어쩌면 그렇게 그 때를 알아 한치의 미련도 남기지 않고 집을 나갈 수 있었을까? 처음 몇 달간은 그 허전함과 금세라도 컹컹 짖으며 달려올 것 같은 기다림으로 지냈다. 봉순이 없이 외진 산골에 우리 일곱 식구만 달랑 남겨진 듯한 허전함, 불안함……

봉순이의 사라짐을 통해 내게 짐승은 무엇이었는가를 되돌아보게 되었다. 소나 말, 개, 닭, 오리 같은 소위 가축이라는 짐승은 내게 어떤 의미로 새겨져 있는가? 먹거리? 생산 수단? 친구? 어린 시절 과수원의 거름을 만들어주고 생활비에 약간의 도움을 준 돼지 몇 마리를 키운 경험과 남은 음식을 치워주고 문지기 역할을 해준 개를 키운 경험이 짐승에 대한 경험의 전부였다. 그런 내게 짐승은 낯설고 야만적인, 두려운 대상이었다.

선이골에는 십여 종의 야생 포유류—멧돼지, 고라니, 노루, 토끼, 너구리, 족제비, 고슴도치 등—와 파충류, 대여섯 종의 양서류, 수십 종의 곤충, 십수 종의 민물 고기와 새들이 있다. 징그러운 파충류조차 두려움의 대상이 되지 않는데 유독 인간과 공통점이 많은 포유 동물에 대해 그토록 깊은 두려움이 있는 까닭은 무엇일까? 인간에 대해 적대감과 두려움을 가지는 것과 관련이 있진 않을까? 인간과 삶의 양식이 거의 비슷한 포유류에 대한 나의 두려움은 서로 먹고 먹히는 데서 비롯되는 것은 아닐까?

먹거리로서 포유류를 탐한 적은 없었지만 나의 내면 의식 깊게 인간의 욕망을 위해 이들이 존재한다는 생각이 있었던 것 같고, 다른 한편으로는 왜 이들이 지구상에 존재해야 하는지를 잘 몰랐던 무지가 두려움의 정체였던 것 같다.

나와는 다르게 아이들은, 특히 둘째 주목이는 모든 사고와 관심이 벌레와 짐승에게 쏠려 있다. 어쩌다 세뱃돈이나 선물로 돈이 생기면 한푼도 쓰지 않고 모으면서 "나중에 커서 세계의 모든 짐승들을 사서 기르겠다" 고 한다. 아이들은 풀숲에서 놀다가 어쩌다 사슴벌레나 길앞잡이 같은 벌레가 나오면 서로를 부르며 환호성을 치고 좋아한다. 갓난아기 머리만한 두꺼비를 만나자 오 남매가 일제히 "아리 아리랑 쓰리 쓰리랑" 노래를 부르며 춤을 추는 것을 보면서, 푸른 하늘에 한 점으로 떠 있는 매를 볼 때마다 "매다!" 일제히 소리치는 것을 보면서, 아이들

눈밭을 헤치고 아이들이
달려가는 곳은 누군가 산짐승을 잡기
위해 덫을 놓은 곳들이다.
어디에 있는지 단박에 알아보는 아이들은
동물들이 불쌍하다며 보이는 대로
못 쓰게 망가뜨려 놓는다.

이 야생 동물을 대하는 것은 나와는 질적으로 다르다는 것을 깨달았다. 이들에겐 야생 동물이 그렇게도 반가운, 경이로운 친구일 수가 없는 것이다.

겨울이면 무릎까지 쌓인 눈 속을 헤매며 숲 속의 토끼 발자국을 좇는다. 옷과 신발이 눈에 젖고 손발은 꽁꽁 얼었는데도 짐승 발자국을 좇는 게 뭐 그리 즐겁다고 겨울이면 허구한 날 숲 속을 헤매는지 나는 공감할 수 없었다. 왜 꼬물락거리는 온갖 벌레들을, 그것도 맨손으로 잡아 벌레통에 가득 채워 기르는지도 잘 알 수 없었다. 모든 벌레들이 보이지 않는 겨울엔 땔감을 하다가 썩은 나무 속에서 잠자는 개미들이라도 볼라치면 그것을 기르겠다며 온갖 신경을 쓴다. 어떤 땐 발이 깨질 듯한 찬 냇물에 몇 시간씩 발을 담그고 가재랑 버들치를 잡겠다고 하는데 나로서는 그 열정과 관심을 도저히 따라갈 수가 없었다.

봉순이가 집을 나간 그 허전함에 마을에서 강아지 세 마리를 얻어서 길렀지만 도저히 첫 정을 잊지 못해 돌려주었다. 대신 오골계 한 쌍을 얻어다 일년 가까이 기른 적이 있다.

오골계의 부부애는 정말이지 애틋했다. 부부가 그렇게 서로 사랑하고 보살펴주는 것을 어린 시절 내 어머니, 아버지 외엔 처음 보았다. 알을 낳았을 때도 암탉은 똥눌 때를 빼놓고는 한 순간도 알의 곁을 떠나지 않았고, 수탉은 그 주위를 맴돌며 가족을 지켰다. 모이를 줘도 암탉이 먹기까지 기다렸다가 먹었다.

드디어 노란 병아리들 열 한 마리가 태어났다. 암탉은 이제 모이를 주는 나에게도 목 깃털을 곤두세우며 자기 새끼를 보호

하려는 용감한 어미닭으로 변모했다. 어쩌다 우리들 꼬임에 빠져 대열에서 이탈한 병아리라도 생길라치면 어미닭은 쏜살같이 달려와 자기 새끼를 부리로 쪼며 데리고 갔다.

병아리들의 털 색깔이 변해 가고 몸집이 커가고 자기들끼리 모이를 두고 다툴 즈음 어미닭은 다시 알을 낳아서 풀숲에 둥지를 틀었다. 닭 식구들이 점점 늘기에 나는 계란 두 개를 가져다가 빵 만드는 데 썼다가 아이들의 엄청난 항의를 받았다.

"불쌍하지도 않아요?"

"누가 어머니 새끼들을 잡아먹으면 어머니는 좋겠어요?"

"우리는 계란 같은 거 안 먹어도 살 수 있는데 닭 새끼를 왜 잡아먹어요?"

닭 식구들이 늘면서 작물의 새싹을 죄다 쪼아먹고 숲 속의 족제비가 밤마다 습격해서 닭들을 잡아먹는 통에 닭을 모두 마을 사람들에게 나누어주었지만, 함께 했던 일년 동안 그들로부터 배웠던 것은 참 많다. 닭은 내게 먹거리로 각인된 짐승이었는데, 먹지 않아도, 설령 내가 애써 지은 작물로 먹여 기른다 해도, 경제적으로 내게 한치의 도움도 주지 못한다 해도, 짐승이 인간 생활에 동반자임을 깨우쳐준 귀중한 교사였다.

인간의 온갖 이론에 염증이 나 있던 내게 짐승들의 삶은 새로운 세계를 보여줬다. 선이골 짐승들의 삶에 두려움은 고사하고 경이와 기쁨으로 빠져들어 가는 아이들을 보면서, 두려움에 찬 몸으로 자연을 이익의 대상으로만 대하는 나를 아이들이 말없이 질책하는 것을 느끼면서, 놀랍고도 아름다운 자연의 삶에 무신경한 나를 아이들이 의아해 하는 것을 보면서, 이 지구별 안에서의 인간의 지위와 역할에 대해 다시 생각하게 되었다.

나는 17년 가까이 약학이라는 테두리 안에서 수많은 동물 실험을 접했는데, 실험 자체를 극도로 혐오했다. 실험 대상으로 온갖 학대를 받다가 죽어가는 동물이 불쌍하고 그 일을 서슴없이 행하는 인간의 잔인성도 싫었지만, 내 내면 의식 깊은 곳엔 그것과 또 다른 무언가가 있었다. 그것이 무엇인지 이제야 나는 알았다. 동물을 상대로 한 실험 결과를 인간에게 적용할 수 있다는 사실에 대한 묘한 자존심의 상처였다. 내 의식 속엔 인간만이 있었던 것이다!

나는 짐승이, 먹기 위해서도 아니고, 돈을 벌기 위해서도 아니고, 고작 유용하다면 도둑을 막아주거나 거름을 만들어주거나 짐을 실어다주거나 밭을 가는 정도의 의미밖에 없다고 여겼다. 이 정도의 도움을 받기 위해 집을 지어주고 먹이를 줘야 한다면 참 귀찮은 일이라고 생각했다. 그래서 내겐 지상의 동물 종이 사라지고 있다는 아우성이 그리 심각하게 여겨지지 않았다.

아, 그러나 이제야 나는 그 아우성이 얼마나 심각한 절규이고, 내 삶의 무너짐을 알리는 절규인지를 깨닫는다. 인간이 하늘의 뜻을 어기고 살아가고 있음을 그 무엇으로 가르칠 수 있을까?

하늘은 처음 사람을 이 자연계에 세운 뒤 온갖 짐승을 사랑하고 더불어 사는 속에서 하늘의 뜻을 알아갈 수 있도록, 그런 삶을 통해서만 하늘과 땅과 사람이 하나될 수 있도록 계획하시지 않았을까? 지구별에 짐승들이 존재해야 하는 이유를 알게 되면서 나의 적대감과 두려움도 사라져갔다. 그것이 풀린 만큼 인간에 대한 적대감과 두려움도 풀려가리라 믿는다.

지구의 동물 종이 하루에도 수십 종씩 사라진다는데 이 얼마나 되돌이킬 수 없는 상실인가! 선이골의 야생 짐승들이 이 어려운 환경 속에서도 힘겹게 그 야성을, 하늘에 대한 순종을 유지하는 것을 보면서 나도 모르게 하늘을 올려다보게 된다.

그렇게 먹고 싶은 아이스크림도 참아가며 돈을 모으는 주목이. 결코 자신의 힘으로는 이룰 수 없는 큰 꿈을 꾸고 있지만, 모든 짐승들과 함께 살면서 하늘과 천연계와 사람이 하나되는 세계를 배우려는 주목이의 그 꿈이 이루어지길, 이 모든 것을 지으신 하늘에 기도 드린다.

성탄절 선물

크리스마스다. 아침에 일어나서 겨울의 여느 날처럼 온 가족이 아침 체조하고 아침맞이하고 아침 식사도 맛나게 했다. 설거지를 하겠다고 앉아 있는 선목이와 주목이는 설거지는 하지 않고 수다만 떨고 있다. 일목이와 화목이는 어젯밤 들었던 스크루지 영감 얘기를 하며 계속 스크루지 흉내를 내고 있다.

하루 중 가장 넉넉하고 활기에 찬, 아침 식사 뒤의 짧은 여유. 따뜻한 난로 옆에 길게 몸을 뻗고 누워 아이들의 수다와 흉내 내기를 듣다가 우리 부부의 화제도 자연스럽게 크리스마스로 옮겨갔다.

크리스마스 이브였던 어제 저녁, 아이들은 옛 이야기를 해달라고 졸랐고, 나는 초등학교 6학년 국어 교과서에 나왔던 스크루지 영감 이야기를 해줬다. 기억이 희미해서 대신 언젠가 읽었던 디킨스의 소설 평론과 짤막하게 읽었던 영국 기독교 역사를 덧붙여가면서, 또 크리스마스의 의미도 적당히 부풀려가면서. 두려움과 인색함과 몰인정으로 똘똘 뭉친 스크루지 영감의 슬픈 성탄과 가난하지만 인정 많은 조카 프레드의 행복한 성탄을 비교하면서 1인 3역, 1인 5역으로 소리치고 웃고 웅변하고 내레이션을 하면서 다섯 명의 아이들을 성탄 이브의 그럴싸한 분위기로 몰고 갔다. 한 시간 가량 촛불을 사이에 두고 둘러앉아 18세기 영국 런던의 가난한 마을을 여행한 것이다.

서양의 최대 명절이라는 크리스마스의 분위기가 언뜻 상상이 되지 않아 일목이와 화목이는 우리의 음력설과 비교하며 세배를 하느냐고 물었다. 또 칠면조가 맛이 있느냐, 서양 사람들은 왜 칠면조 고기를 명절날 먹느냐고 묻기도 했다.

"서양 사람들은 '7'을 중요하게 생각하기 때문에 닭 대신 칠면조를 먹을 거야."

주목이의 이론이다.

또 성탄절이 되면 아랫마을에서도 서로 집을 찾아다니며 노래도 부르고 선물도 하면서 시끌벅적해지느냐고 물었다. 많은 호기심과 관심을 안고 잠들었을 아이들. 선목이는 밤새 스크루지 영감 꿈을 꾸었고, 주목이도 스크루지 영감의 죽은 친구 마레의 꿈을 꾸었다고 했다.

12월 25일, 성탄의 아침이 밝자 아이들은 온통 스크루지와 성탄절 얘기뿐이다. 저희들끼리 소곤댄다. 어머니한테 부탁해서 우리끼리만이라도 마을에 내려가 성탄절이 어떤가 보자고 말이다. 아이들의 설레는 마음에 남편도 설레는지 갑자기 마을 나들이를 하자고 제안한다.

아랫마을에 아들과 단둘이 살고 있는 여든 셋 되신 김학영 할아버지 댁에 가자고, 집에서 수제비 만들 재료들을 가지고

한판 시작한 눈싸움에서 화목이가 일방적으로 당하고 있다. 기세 좋게 덤벼는 보지만 아무래도 형들에 비해 힘이 달리는 것은 어쩔 수 없다. 그래도 마냥 신나기만 하다.

가서 거기서 아예 저녁을 만들어 먹고 오자고 한다. 온 가족이 "우아" 소리를 지르며 금세 나들이 준비를 하고 캐럴을 부르며 눈 쌓인 산길을 내려갔다. 쨍하도록 맑은 겨울바람, 햇빛에 반짝이는 눈길. 잔뜩 기대에 부풀어 갔건만 김 할아버지 댁은 텅 비어 있다. 마을도 여느 때처럼 조용하기만 하다. 혹시나 혹시나 하면서 내려왔던 아이들은 적이 실망한 눈치다.

"이를 어쩐다? 다시 집으로 올라가? 아, 너무 억울해. 할아버지가 어디 멀리 가진 않으셨을 게야. 집에 들어가서 기다리자."

내 제안에 우리는 아무도 없는 빈집에 들어갔다. 멀뚱멀뚱 앉아 있기가 뭐해 14인치 낡은 텔레비전을 켰다. 혹시 크리스마스 특집 영화를 할지도 모른다고 기대하면서. 영화 〈십계〉가 방영되고 있었다. 미디안 땅에서 양치기로 지내는 모세에게 여호수아가 찾아오는 장면부터 볼 수 있었다.

당시 최대 문명국인 애굽 치하의 노예로 있던 히브리 민족을 구하기 위해 모세는 시내산에서 하나님의 부르심을 받고 애굽으로 떠난다. 칼이나 창, 아무 무기도 없이, 오직 양치기의 지팡이 하나만 가지고, 노예에 불과한 모세가 태양신의 화신인 바로 왕에게 히브리 민족을 풀어주라는 하나님의 말씀을 전한다. 하나님이 누군데 나의 노예, 히브리 족을 풀어주느냐고, 자기는 하나님을 모른다고 바로 왕은 완강하게 고집을 피운다. 바로 왕의 고집 때문에 애굽 땅에 온갖 재앙들이 내린다. 자신의 외아들마저 재앙의 재물이 된 뒤에 바로 왕은 마침내 히브리 노예들에게 출애굽을 허락한다.

3천 년 전 고대 애굽의 화려한 문명에 비하면 초라하기 이를 데 없는 살림살이를 싣고 히브리 노예들은 모세를 따라 젖과 꿀이 흐르는 꿈의 나라, 가나안으로 떠난다. 아무런 무기도, 과학적 · 군사적 · 기술적 장비도 없는 히브리 노예의 무리를 치기 위해 바로 왕의 군대가 뒤쫓아오는데, 히브리인들은 홍해 앞에서 길이 막힌다. 꼼짝없이 갇힌 히브리인들은 두려움과 후회로 사분오열하고, 애굽 땅에 자기들을 묻을 땅이 없어 홍해에 장사 지내려고 여기까지 끌고 왔느냐며 모세를 원망한다.

오직 하나님의 약속과 능력만을 믿는 모세, 완전히 갇혀 있는 히브리인들 앞길에 홍해가 갈라지며 살길이 열리고 뒤쫓아오던 바로 왕의 군대는 홍해에 수장된다. 그러나 금방 갈 수 있을 듯한 꿈의 나라 가나안 땅을 향해 한 발자국도 더 나아가지 못하고 40년 동안이나 제자리에서 맴도는 히브리인들. 그들은 여전히 애굽 문명 아래에서의 노예 근성을 벗겨내지 못한 채로 고생을 한다.

결국 출애굽한 히브리 1세대들은 광야에서 죽고 노예 근성이 없는 새로운 세대, 십계명을 받은 세대를 이끌고 여호수아가 가나안을 향해서 떠난다.

김학영 할아버지는 영화가 끝나갈 즈음에야 돌아오셨다.

〈십계〉는 나에게는 어린 시절의 기억이 깊이 묻어 있는 영화이기도 했다. 열 세 살이던 해 뜨거운 여름에 사촌언니 따라서 서귀포 영화관에서 봤던 영화가 바로 〈십계〉였다. 그때 모세 역을 했던 찰톤 헤스톤에 반해서 나는 몇 달을 두고 〈십계〉

아이들이 눈덩이를 가지고 카메라를 만들었다. 입으로 찰칵찰칵 소리를 내며 연신 셔터를 눌러댄다.
그 소리는 눈처럼 흰 마음속의 카메라가 돌아가는 소리일 것이다.

이야기만 했다. 크면 찰톤 헤스톤과 결혼할 거라고 굳게 믿었다. 그런 나에게 돌았다고, 그 사람은 이미 할아버지라고 넷째 오빠가 아무리 얘기해도, 나도 다 아는 사실이지만, 그래도 그 사람과 결혼하는 것은 있을 수밖에 없는 일이라고 말도 안 되는 억지를 부렸다. 〈십계〉의 그 무엇이 어린 나를 그토록 사로잡았을까?

이 영화는 바로 지금 우리의 이야기였을까? 첨단 과학 물질 문명의 질서로부터 풀려나려는 우리의 소망, 우리의 어려움, 우리의 함정이 이미 어린 시절 나의 마음에 강하게 새겨진 까닭일까? 선목, 주목, 일목이도 영화에 완전히 압도되었다. 주목이는 눈물이 날 만큼 재미있다며 텔레비전이 이렇게 멋진 것인 줄 몰랐다고 한다. 선목이는 이제까지 보았던 모든 방송물 중에서 가장 멋있다고, 언제나 텔레비전을 켜면 〈십계〉를 볼 수 있느냐고 입에 침이 마르도록 경탄한다. 아이들이 남자여서 그런지 아예 모세와 자기 자신을 동일시하면서 영화 대사를 읊으며 제각기 모세 흉내를 낸다.

우연찮게 우리는 이런 식으로 성탄 축제에 참여하게 되었다. 이브 날의 스크루지 영감 이야기, 성탄절에 본 〈십계〉, 아, 얼마나 멋진 성탄 선물인가? 우리 어린 다섯 형제들은 자신들의 삶이 엑소더스하는 중이라는 것을 느끼고 있을까? 첨단 과학 물질 문명의 갖가지 우상들이 우리의 엑소더스를 위협하고 있다는 것을 저들은 언제쯤 깨닫게 될까? 애굽에서 노예로서 익혔던 물질 문명이 가나안 땅으로 가는 길의 올무가 되어 결국 죽도록 고생하고 불평불만만 터트리다 죽어갔던 히브리인들처럼, 3천 년이 지난 지금에도 엑소더스를 꿈꾸는 우리 모두에게 그런 불행의 가능성은 언제나 잠복되어 있는 것이리라.

비록 자유가 없는 노예의 신분이었다 해도 애굽의 물질 문명은 얼마나 '보암직도 하고 먹음직도 하고 지혜롭게 함직도' 했던가? 집도 없고 농사 지을 땅도 없고 멋진 건물의 학교도 없는 광야의 삶이라니? 자유는 무슨 자유란 말인가? 당대 최고의 문명국인 애굽인데 젖과 꿀이 흐르는 가나안 땅인들 어찌 비교가 될 수 있단 말인가? 3천 년이 지난 우리의 현실에서도 똑같은 혼돈과 방황이 발걸음마다에 잠복되어 있음을 내 어린 형제들이 깨닫게 되기를 소망한다.

평생 처음으로 예수 탄생의 기쁜 의미, 그것이 곧 인류에게 베풀어진 축복임을 온 가족이 설렘 속에서 누려보았다. 어린 날의 내가 몇 달 동안이나 〈십계〉에 젖어 있었던 것처럼, 내 어린 형제들도 예상치 않게 받은 〈십계〉라는 성탄절 선물에 오랫동안 취해서 지내게 되리라. 아, 내년엔 성탄절 카드도 보내고 아이들과 이웃들에게 나눌 따뜻한 선물도 준비할까 보다.

콩나물처럼 자라는 아이들

싱싱한 채소 한 잎 구경하기 힘든 1월이다. 저장했던 배추도 시들시들해지고, 꿋꿋하게 추위를 이겨내며 온몸 활짝 열어 햇빛 받아내던 시퍼렇고 살집 두꺼운 배추도 뿌리만 남긴 채 잠들어 버렸다. 땅 속에 묻어놓은 무도 조금은 질린다. 감자도 그렇게 맛나게 느껴지지 않고, 묵나물은 더더욱 그렇고, 오일장에 가서 사오는 야채는 맹맹해서 식구들이 한두 번 손을 대다가 만다. 이제 아껴둔 콩나물이 나와야 할 때가 된 것이다.

선이골 생활 첫해에 쥐눈이콩으로 콩나물을 길렀다. 그러나 사오는 콩 한 되는 4천 원, 내가 가꾼 것은 아마도 한 되에 4만 원은 쳐야 할 텐데, 그 차액을 감당할 수 없는데다 사다먹는 데 익숙해진 터라 한두 번 맛나게 길러먹고서는 그만두었다. 콩 한 되로 일주일 가량을 기른 콩나물은 우리 일곱 식구가 두 번 먹으면 바닥이 난다. 장에 가서 사면 2천 원이면 그 모든 것이 끝나버리는데.

처음 콩나물을 길러 국을 끓이고 무쳤을 때, 남편은 1960년대에 먹어본, 어머니가 손수 길러 요리해 주신 그 맛이라고 찬

한번 따라해 보면 이 즐거움을 알 수 있으려나. 눈 내린 선이골은 사방이 놀이터다.

탄했지만, 단돈 2천 원이면 끝나버리는 일을 일주일씩이나, 그것도 하루에 서너 번씩 물을 주고 갈면서 콩나물을 기르는 일은 내 몸에 익숙지가 않았다. 서울에서 무농약 콩으로 간혹 길러먹곤 했지만 그건 공해 속에 사는 몸이 자기도 모르게 취하는 일종의 방어 행위에 가까운 것이었다.

이곳에 와서 완전하진 않지만 소음과 공해, 오염의 피해 의식에서 다소 벗어나자 내 몸은 다시 '기르는 일' 로부터 멀어졌다. 쥐눈이콩에도 좀이 슬어 나중에는 밥에 넣어 먹어버렸다. 정 집 반찬이 싫증나면 오일장에 가서 2천 원을 주고 콩나물을 사다먹었다. 아, 그러나 놀랍게도 선이골 생활 3년째가 되자 기르고 보살피는 일에 내 몸이 깨어나고 있었다.

올해는 땀 흘리며 애써 가꾸었지만 노루와 토끼가 뜯어먹는 바람에 쥐눈이콩을 겨우 반말밖에 수확을 못했다. 그래도 콩 한 되를 퍼와 널찍한 알루미늄 찜통에 볏짚을 깔고 그 위에 펼쳤다. 찜통 밑에 길다란 참나무 막대기 두 개를 깔고 큰 물받이 통 위에 얹어 어둡고 따뜻한 곳에 두고 천으로 덮었다. 아침저녁으로 오며가며 틈만 나면 물을 듬뿍듬뿍 부어주었다. 부어주는 대로 물은 찜통 구멍으로 잘도 빠져나간다. 삑삑삑, 찍찍찍…… 부어주는 물을 먹고 콩들이 깨어나는 소리가 들린다.

터질 듯 통통 부어오른 콩에서 하얀 줄기가 나오기 시작했다. 하루, 이틀, 아침, 저녁, 수시로 부어주는 물을 먹고 콩은 아기 콩나물이 된다.

또 하루, 이틀. 찜통은 키가 크고 통통한 콩나물들로 빽빽해졌다. 맹물만 받아먹고 때마다 쑥쑥 자라주는 콩나물이 얼마나 예쁘고 고마운지, 콩나물 대가리가 그렇게 많지만 않았어도 나는 그것 하나하나에 뽀뽀를 해줬으리라. 콩나물을 들어내어 바구니에 담는다.

'어이구, 이것들이 어느새 커서 수염도 났네.'

하, 콩나물을 기르는 일이 얼마나 쉽고 간단하고 즐거운 일인가? 물론 이 쉽고 간단하고 즐거운 일과 내 몸이 온전하게 하나가 되진 못한 상태라서 어쩌다 결심을 해야 행하는 일이긴 하지만 말이다. 남편에겐 어머니가 끓여주던 콩나물국 맛을 음미할 수 있는 기회를 줄 수 있고, 추위에 꽁꽁 언 아이들의 몸을 콩나물이 내뿜는 기운으로 풀어줄 수 있어 좋지만, 무엇보다 콩나물을 기르는 일에서만 느낄 수 있는 남다른 기쁨이 있다.

콩나물은 어떻게 자라는가? 찜통 속 볏짚 위에 누워 있는 콩들은 햇빛이나 땅의 기운도 받지 않은 채 오직 부어지는 물만으로 자란다. 그런데 그 물도 부어주는 족족 찜통 구멍으로 빠져나가지 않는가. 처음 콩나물을 기를 때는 하도 더디 자라서 물이 부족한 것 아닌가 싶어 볏짚을 더 깔아 촘촘하게 해주었다. 부어주는 물이 덜 빠져나가도록 하기 위해서였다. 그러나 아뿔싸, 물이 빠져나가지 못해서 썩는 게 많아졌다.

나는 콩나물이 꼭 우리 아이들 같다는 생각을 한다. 아침 저녁으로 오며가며 수시로 틈만 나면 콩나물에 물을 부어주듯이 나는 우리 아이들에게 가르침의 물을 부어준다. 물이 콩나물을 스치기만 할 뿐 부어주는 족족 찜통으로 새어나와 물받이 통에

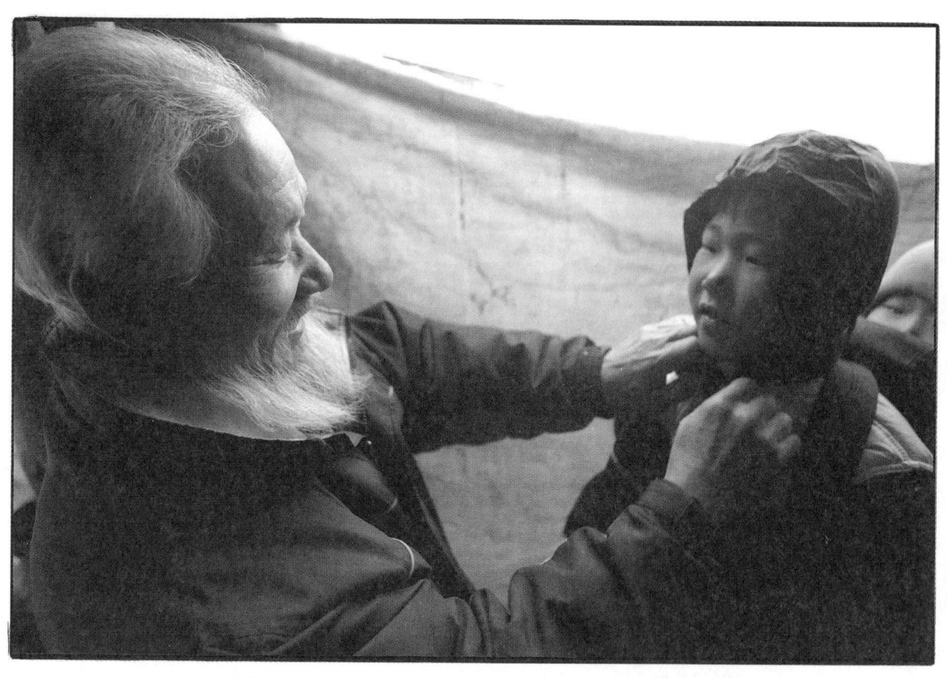

발그스레한 볼, 약간 튼 손, 밥 잘 먹고 잠 잘 자고 열심히 뛰어 노는 아이들은 감기에도 잘 걸리지 않는다. 그래도 아비는 밖에 나가려는 아들의 옷깃을 따뜻하게 여며줘야 마음이 놓이나 보다.

가득해지는 것처럼, 아이들에게 부어주는 가르침도 그때 그 순간에 아이들 몸을 스치기만 할 뿐 고스란히 내가 다시 받는다. 아이들에게 가르침을 붓는 일은 계속해서 되풀이된다. 그러나 콩나물에게 했던 딱 그만큼만 해야 한다. 그 이상 되풀이하면 콩나물이 썩듯이 아이들도 지겨워한다.

콩나물의 몸을 스치기만 할 뿐 다 빠져나가는 물이 콩나물을 쑥쑥 자라게 한다는 사실은 내겐 대단한 발견이었다. 콩 자체에 아무리 영양가가 많고 주위가 따뜻해도 물을 주지 않으면 콩은 썩어버린다. 물을 자주 받지 못한 콩나물은 줄기가 가늘거나 울퉁불퉁하고 아니면 난쟁이 키에 질겨진다. 민감한 콩나물…… 그러면서도 관심 속에 자랄 때 콩나물은 얼마나 왕성한 생명력을 드러내는가!

아이들도 부모가, 특히 어머니가 끊임없이 부어주는 말의 물을 먹고 자란다. 그러나 그 말 역시 아이의 몸을 스쳐 그대로 허공 속에 흩어진다. 내가 혼돈과 절망 속에 있었을 때는 내 말이 아이들을 스쳐 허공에 흩어지는 것이 참 견디기 어려운 일이었다. 아이들이 '사람' 이 되지 못하면 어쩌나 하는 두려움에서 쏟아붓는 말들이 그냥 그대로 새어나오는 것을 보는 것은 더 큰 두려움이 되었다. 때론 그 두려움의 무게에 짓눌려 아예 말문을 닫고 지낸 때도 있었다. 이런 속에서 얻은 것이 바로 콩나물 기르기에서 발견한 가르침이었다.

나 역시 우리 어머니 아버지로부터 한정 없이 쏟아부어지는 말의 물을 머금으며 자라오지 않았는가. 지금껏 살면서 엄청난 양의 책들을 봐왔고 수많은 사람들을 만나왔지만, 나를 이루는 대부분의 것, 입맛과 말투와 표정과 성격과 많은 습성이 우리 어머니 아버지 몸에서 내게로 쏟아부어진 것들로 이루어져 있지 않은가.

"사람은 착하고 부지런한 것만으로는 안 돼. 하늘이 돕지 않으면 풀 한 포기조차 키울 수 없는 거야."

"사람은 하늘의 하늘을 구해야 돼."

"사람의 팔자는 고치라고 있는 거야."

"사람이 제아무리 노력을 해도 하늘의 것을 알 수 없어. 하늘이 사람의 영대를 열어주지 않으면 결코 스스로의 노력으로는 알 수 없는 것이야."

어린 내가 도저히 알아들을 수 없었던 말들, 심지어 학교에서 배우고 사회에서 유행하는 시대 사조와도 다른 부모님의 그 말들의 부어짐 속에서 나는 자랐다. 다섯 아이의 어머니가 되어서야, 마흔이 넘어서야 나는 그 말들을 이해하게 되었다. 이제 그 말은 나의 말이 되어 우리 아이들에게 다시 부어진다.

우리 부모님, 특히 아버지는 어린 내가 당연히 알아들을 수 없는 줄 알면서도 온갖 장소에서 온갖 것들에 대해 말의 물을 부어주었다. 나는 끊임없이 삶 자체에 질문을 던지고 답을 찾아가는 아버지의 모습을 바라보며 자라왔다. 그런 아버지의 몸이 뿜어내는 삶의 기운을 받으며 자라온 것이다. 나는 이제 두려움이 아니라 믿음으로 아이들에게 말의 물을 부어준다. 어머니가 줄 수 있는 순결한 물, 하늘의 물을 그리면서 말이다.

선이골 다섯 아이의 학교

"참 튼튼하게 생겼다. 너 몇 살이니? 여덟 살? 어느 학교에 다녀?"

화천 사람들과 조금씩 낯이 익어갈 즈음 아이들은 종종 이런 질문을 받았다. 당연한 듯 묻는 사람들에게 아이들은 어떻게 대답할지 몰라 당혹스러워했다.

하늘이 모든 사람에게, 아니 짐승과 풀, 나무에게까지 주신 학교를 우리는 '가정' 이라고 믿는다. 지상의 모든 몸들은 하늘이 주신 '가정' 이라는 배움터에서 하늘과 땅, 사람이 하나되는 '품성과 관계' 를 배워 나아가는 것이라고. 남편과 나는 그 학교를 '하늘맞이 배움터' 라고 아이들에게 가르쳐왔다. 그러나 아이들은 자기들의 배움과 학교에 대해 고민했다. 그런 고민이 바람직한 거라고 여겨져 우리 내외는 모르는 척 지켜보았고, 아이들은 선이골에서 배우는 것을 두고 저희들끼리 끊임없이 토론을 벌였다.

이제는 화천의 이웃들도 격려해 주고, 무엇보다 존경하는 외할머니가 그러셨듯이 인류의 역사 이래 수많은 사람들도 그렇게 배우며 살아왔음을 깨달으면서, 자기들은 어머니, 아버지를 스승으로 모셔 하늘과 땅, 사람이 하나되게 하는 삶을 배우는 '하늘맞이 배움터' 의 학생이라는 정체성을 마땅하게 여기게 된 듯하다.

사람이 태어나 평생을 살면서 맺는 열매는 무엇일까? 태초에 지음받은, 그러나 뱃속에서부터 부서진 '하늘의 형상' 을 되찾는 일이 아닐까? 하늘의 형상은 사람의 '품성과 관계' 로 드러나는 것 같다. 그것은 부모와 형제, 이웃, 자연, 하늘과 하나되는 관계를 살아가는 속에서 익혀가는 것이리라. 그 과정에는 아침에 일어나서부터 잠자리에 들어 꿈을 꾸는 것에 이르기까지 모두가 속한다. 모두가 교육인 셈이다. 복잡하고 다양한 그 과정, 선이골에서 우리가 하는 교육의 내용 중 몇 가지만을 정리해 본다.

첫째, 그림 그리기. 농사 짓기에 길들여지지 않은 남편과 나는 아침에 일어나면서부터 각자 책상 앞에 앉아 책을 읽거나 글을 쓴다. 밖에서 두세 시간 정도 일하다 들어와서도 책상 앞에 앉는다. 그래서인지 아이들도 그 모습을 따라했다. 네다섯 살 된 아이들의 글은 그림이었다. 선물받은 크레파스나 그림물감, 스케치북 같은 그림 도구가 많이 있지만 오로지 연필 하나로, 화천에서 얻어온 이면지에 온갖 그림을 그린다.

아이들의 그림을 통해 나와 남편은 많은 것을 관찰하고 배운다. 특히 아이들의 손가락 힘을 가늠하고 글자 공부시킬 시기를 정하는 기준으로 삼기도 한다. 아이들의 관심과 관찰력도

일목이가 아침맞이 기도를 한 날이다. 생각만큼 잘 되었는지 뿌듯한 기분으로 짐짓 점잔을 떨었다.
곧 있을 형제들과의 눈싸움 결전을 앞두고 몸을 풀었다.

살핀다. 연필 하나로 그려내는 사람과 짐승, 풀, 나무, 산과 구름, 해, 심지어 군사 놀이의 빛깔, 모양, 표정 들을 살핀다.

아이들은 이곳에 친한 사람들이 오면 무조건 그림을 그려달라고 보챈다. 그리고 그 그림들을 고이 간직한다. 왜 그러는지는 잘 모르겠고, 지켜보기만 한다.

둘째, 수학 공부. 정해진 시간, 정해진 방법으로 이루어지는 이른바 '공부' 라 불리는 것 중 맨 처음으로 하는 공부가 수학 공부다. 글자 공부보다 먼저 수를 익힘으로써 추상과 상징의 부호인 글자의 세계로 이끌려는 생각에서이다.

냇가나 길에서 주워온 크고 작은, 각양각색의 돌멩이로 숫자 세는 것을 배운다.

"하나, 하나하고 하나는 두울, 둘하고 하나는 세엣……"

돌멩이 하나하나를 차례로 놓으면서 먼저 우리말의 수를 익힌다. 충분히 익히면 한자말의 수를 익힌다.

"일, 일하고 일은 이, 이하고 일은 삼……"

이것을 익히면 돌멩이 하나를 10으로, 100으로, 1000으로 삼아 또 수 세기를 한다. 이 과정이 끝나면 돌멩이 대신 숫자카드로 똑같은 과정을 되풀이한다. '열' 은 '하나' 가 열 개 모인 것이며, 모든 수에는 '하나' 가 숨겨져 있다는 것 등을 알게 된다.

겨울철, 일주일에 4~5일 정도, 30~40분씩, 처음 시작할 때 어떻게 하는 건지 방법만 보여주고 대부분 자기 혼자서 한 달 가량 하게 만든다. 수를 일일이 만지면서 만나고, '법칙성'

자체에 익숙하게 하려는 것이다.

우리가 수학 공부를 아주 중요하게 여기는 까닭은 동서고금, 남녀노소를 막론해 가장 명쾌하고 오묘한 인간의 언어인 수의 세계를 아이들이 깊게 알기를 바라서이다.

셋째, 겨레 말, 겨레 글 공부. 하늘이 사람에게 준 최고의 축복 가운데 하나가 말이 아닐까? 인간의 운명을 바꾸는 말, 말씀! 단 하나뿐인 모국어는 사람의 사고와 성격, 지적 능력, 관계 맺기 등에 토대가 된다. 남편과 나는 평상시 우리가 하는 말에 꽤나 신경을 쓴다. 아이들이 좋은 말 습관을 기르도록 하기 위해 우리 부부는 어린아이 같은 말투나 지나친 농담, 유행어 같은 것도 그냥 흘려듣지 않는다. 말은 단지 의미 전달만을 위해 하는 것이 아니다. 하나됨을 향한 관계 맺기를 위한 것이다. 그래서 우리는 말을 이루는 '소리, 뜻, 얼'에 무척 신경을 쓴다. '소리'를 잘 듣는 것은 물론 스스로 어진 소리를 낼 수 있도록 애를 쓴다.

글공부는 아이들이 대개 일곱 살이 되면 시작한다.

"'ㄱ'하고 'ㅏ'는 가. 'ㄱ'하고 'ㅑ'는 갸."

"아들 소리 글자 'ㄱ'하고 어머니 소리 글자 'ㅏ'가 만나서 '가'가 되는 거야."

"'ㄱ'이 뭐예요? 'ㅏ'는 뭐예요?"

우리 집에서 가장 늦게—아홉 살이 다 되어갈 때—글자 공부를 시작한 주목이가 이런 질문을 해서 나는 곤혹스러움과 충격에 빠졌었다. 'ㄱ'의 뜻이라니?!

우리는 겨레 말 · 글 공부를 위해 '울림글(詩)—고려 가요, 시조, 가사, 또 김소월의 시 등—을 즐겨 읊고 윈다. 《농어촌 속담사전》《동물속담사전》《제주도 속담사전》《강원도 민요집》 등을 종종 읽으면서 우리말의 맛과 얼을 서로 나눈다. 우리말을 깊게 알기 위해 한문 공부도 열심히 한다.

넷째, 천연계를 통한 학습을 한다. 선이골의 천연계는 아이들에게 살아있는 교과서요 동무이며 삶의 터전이다. 아침저녁으로 빛과 어둠의 세계로 천지가 개벽하는 것부터 시작해 봄, 여름, 가을, 겨울, 집짐승과 산짐승, 새와 벌레, 풀과 나무, 비와 눈, 우박, 천둥, 홍수, 가뭄, 이 모두가 교과서이다. 아이들은 살아있는 교과서 안에 푹 잠겨 자기들이 배우고 있는지도 모르는 사이 많은 것들을 알아간다.

하늘이 모두에게 주신 천연계라는 교과서, 우리 선조들은 이 교과서를 통해 하늘의 소리를 들으려 애썼고, 들은 만큼 평화로웠음을 배운다. 가장 낮은 곳에서 가장 낮은 삶을 살아온 우리 선조들이 '서징庶徵 교육'(자연이 보여주는 조짐을 통해 다가올 변화를 미리 읽어내는 능력을 키우는 교육)을 통해 지혜롭고 너그럽고 정직한 사람이 되었음을 배운다.

세 시간 동안 850밀리미터의 폭우가 쏟아져 마을의 논과 밭, 집, 선이골 가는 길이 크게 바뀌어버린 1999년 여름의 홍수. 그때 우리 가족은 우연찮게 아랫마을에서 밤을 보냈는데, 다음 날 선이골이 걱정되어 사람들의 만류를 뿌리치고 아이들을 밧줄로 묶어 폭포 같은 냇물을 건넜었다. 그렇게 아이들은 물의

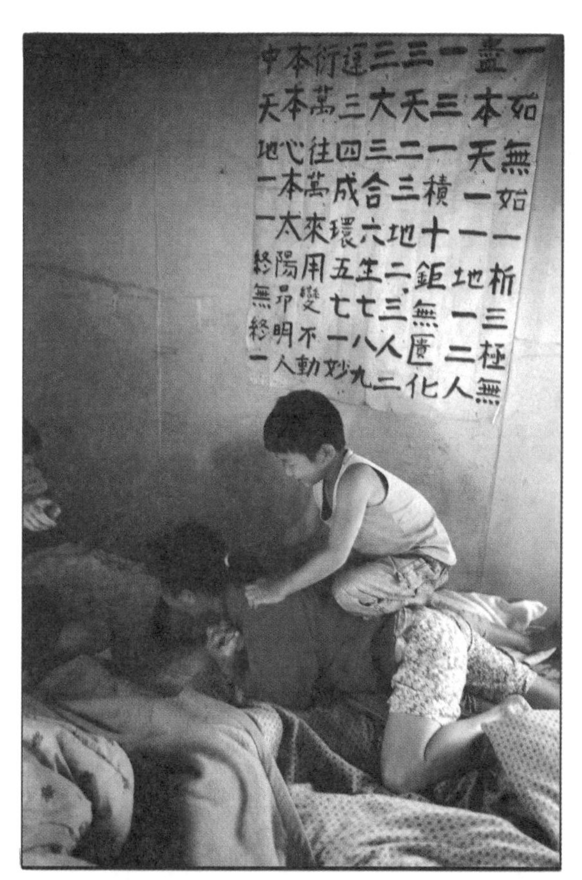

늦잠의 달콤함을 이겨낼 장사는 없다. 어미는 깨우고 아이는 웅크리다가 결국 장난 섞인 몸싸움이 벌어졌다.

무서움, 또 신기함을 떨리는 몸으로 겪으면서 태풍이라는, 결코 함부로 대해서는 안 되는 형제들을 만나기도 한다. 자기들이 지나친 행동을 하면 가끔 어머니가 '태풍'이 되는 것을 배우기도 한다.

다섯째, 농사 짓기를 통한 공부다. 선이골 생활 3년이 지난 뒤에야 비로소 24절기를 중심으로 한 태양력, 태음력을 정리했는데, 우리는 농사철이 시작되기 전 해마다 되풀이해서 그것을 공책에 쓰고 또 외게 한다.

"조팝싸리 꽃이 피면 어떤 씨앗을 뿌려도 괜찮다. 복사꽃이 지기 전에 들깨모를 부어라. 밤꽃이 지고 산초꽃이 피기 시작하면 장마가 온다" 등등, 화천의 형제들에게서 배워온, 이제는 거의 사라져가고 있는 농촌의 말들을 다시 정리하기도 한다.

올해에 우리가 뿌릴 씨앗들을 일일이 갈무리하면서 작물의 성질과 가꾸는 법을 서로 이야기하고 각자의 공책에 적는다. 산에서 낙엽을 긁어모아 논에도 뿌리고 거름도 마련하고 고춧대도 준비하는 속에서 각 절기의 특징과 씨앗의 성질을 가늠한다. 또 언제 어느 씨앗을 어디에 어찌 뿌릴 것인지를 적어가며 한 해의 농사 짓기 계획표도 만든다.

가을걷이가 끝나 겨울이 되면 지난 여덟 달 동안의 모든 것을 되돌아보며 게으름과 부족함, 한계를 우리가 거둔 수확물을 통해 뼈아프게 알아간다. 잃어버린 하늘과 땅, 사람의 하나됨을 깨우치라고 하늘이 사람에게 주신 기업基業인 농사. 그래서 농사 짓기가 천하지대본天下之大本임을 깨우치고, 농사 짓기를 통해 하늘의 마음, 농부의 마음을 찾아보려 애쓴다.

여섯 째, 몸 의학 공부를 한다. 몸은 거룩한 집. 그 '집' 에 하늘과 땅과 사람이 한데 어울려 사는 것이다. 서로 잘 어울리면 그만큼 그 집, 그 몸은 너그럽고 건강하고 아름다워진다. 밥상은 그 아름다운 '집' 을 짓는 가족들이 날마다 벌이는 잔치다. 그래서 먹거리의 성격, 만드는 법 등도 따로 공부한다.

감기 걸려서 열이 나고 몸살 앓을 때 뜨거운 물에 발 담그고 '풍문' '곡지' '천돌' '족삼리' 등의 경혈을 문질러주며 겨자 찜질하고 숯가루 물을 마시게 하는 것은 병이 난 '집' 을 함께 고쳐주고 위로해 주는 일이다. 어머니 아버지가 자기들에게 해주는 것을 받아보면서, 또 형제 가운데 누군가 아프면 직접 해보기도 하면서 하나씩 익혀간다. 몸으로 익힌 것을 책에서 찾아보기도 하고 그림으로 그려보기도 하면서 더 자세하고 깊게 공부한다. 여러 가지 자연 요법과 약초, 생리학에 대해서도 배운다.

일곱 째, 역사 공부를 한다.

"우리가 물이라면 새암이 있고, 우리가 나무라면 뿌리가 있다.……"

아이들은 어머니 아버지를 통해, 마을 어른들을 통해, 책이나 신문, 라디오를 통해 우리의 근원, '새암과 뿌리' 를 찾아간다. 부모의 지난 역사에 목말라하는 아이들, 어머니 아버지가 살아온 삶의 이야기를 가장 재미있어 하는 아이들. 그 이야기는 더 거슬러 올라가 이 겨레의 역사, 인류의 역사, 하늘의 역사로까지 이어진다. 아직은 이 모든 것이 '옛 이야기' 형식으로 전해지지만 때로 책을 보면서 그것이 재미로 지어낸 옛이야기가 아니라 생생한 삶의 이야기임을 알아간다. '지금 여기' 에서 짓고 있는 자신들 삶도 먼 훗날 그런 이야기가 될 것임을 느낀다. 부모가 자식에게 물려줄 최고의 유산은 바로 역사라고 믿기에 '옛 이야기' 대부분은 역사 이야기로 채운다.

이곳 생활 5년째 되던 해 '2002년 월드컵' 의 열기를 이해하고 싶어 라디오를 듣기 시작했다. 때로는 시끄럽다는 아이들의 짜증 섞인 목소리를 들으면서도 이 땅에 중대한 일이 벌어졌을 땐 24시간 뉴스 전문 채널 라디오 방송을 놓지 않는다. 그때 이후 지금까지 내게 가장 중요한 역사 참고서는 라디오이다. 비록 전파이지만 사람의 소리로 전해지는 이 시대 역사 현장의 소식은 이곳 선이골의 역사 교실을 더욱 생생하게 해준다.

일기는 날마다 벌어지는 역사의 기록이라고 생각해서 아이들에게 일기 쓰기를 강조하고 일기 공부 자체를 따로 가르친다. 일기 쓰는 것을 게을리 하거나 정성스럽게 하지 않으면 어머니는 때로 '태풍' 이 되어 아이들을 휘몰아친다. 아이들이 깊게 감동받았던 〈십계〉 영화도 모세의 일기를 토대로 만든 것이라고 이른다. 맏이와 둘째는 자기들도 모세와 같은 일기를 써보려고 먼길 나들이 갈 때도 일기장을 가지고 다닌다.

여덟 째, 편지 쓰기를 통한 공부이다. 우리 글 공부를 위해서, 외딴 산골짜기의 유일한 통신 수단이 편지이기도 해서, 또 보고픔과 그리움—외로워서가 아니고—때문에라도 편지 쓰기를 한다.

아이들의 즉자적인 관계 맺기를 조금 더 깊게, 진지하게 이끌기 위해 우리 부부는 때로 편지 쓰는 일에 더욱 정성을 들인다. 일기 쓰기도 그렇지만 편지 쓰기가 아이들 교육에 줄 수 있는 온갖 좋은 점들을 강조하면서 편지 쓰기에 자기의 능력과 정성과 재치를 다 쏟아넣을 것을 권한다. 자기의 편지를 아름답게 하기 위해 글씨, 문체, 글 내용에 신경 쓸 뿐만 아니라 말린 들꽃을 붙이거나 그림을 그려 넣으며 더욱 아름답게 꾸미도록 한다.

편지 쓰기는 어릴 적부터 여러 어른과 관계를 맺고, 다양한 삶과 예절을 익히게 하기 위해서도 필요하다. 선목이는 자기 마음을 어찌하지 못할 땐 하루에 열 통 가량의 편지를 쓰기도 한다. 아우들도 따라서 한다.

아홉째, 아침맞이다. 아침 조례와도 같은, 아침 예배와도 같은 우리의 아침맞이는 경전 읽기—조선의 경전들과 성경 등—와 기도, 노래로 이어진다. 예禮를 배우고, 모두 하나되는 삶을 기원한다. 늦잠꾸러기 어머니 때문에 때로 아이들이 배고파서 아침맞이를 건너뛰길 바라기도 하고, 아버지 말씀이 어려워서 딴 생각을 하기도 하지만, 남편과 나는 아침맞이를 아이들의 부드러운 몸에 새기기를 멈추지 않는다.

음악 교육을 매우 중요시 여기면서도 따로 음악 시간을 두지 않는 우리에게 날마다 부르는 아침 노래는 그것 자체로 음악 공부가 된다. 하늘이 만인에게 공평하게 주신 목소리, 사람을

선이골 집안 한쪽 방은 수많은 책들로 꽉 찬 도서관이다. 아직 어려운 책들이 많지만 그만큼 아이들
에게 책읽기는 일상이 되어 있다.

감동시키는 최고의 악기는 목소리임을 가르친다. 얼굴이 못생겨도 아름다운 목소리, 그윽하고 따뜻한 목소리가 사람을 감동시킨다고 말해 준다. 어머니가 아버지의 목소리에 감전되어 그 결과 너희들이 태어났던 것처럼!

열 번째, 바느질도 우리에겐 좋은 공부가 된다. 내가 도무지 손봐주지 않는 터진 옷을 남편은 스스로 바느질하곤 했다. 일목이와 화목이도 아버지를 따라 자기들의 구멍 난 양말을 얼기설기 바느질하기 시작했다.

내 평생 처음으로 200대의 고추 모를 심고 기르고 거두어 그 지리한 고추 말리기 과정을 거친 뒤 고추장 만드는 경험까지 하고 나서야 비로소 나는 바느질을 즐겁게 할 수 있는 몸이 되었다. 들망아지 같은 아이들의 양말은 쉬이 구멍이 났다. 양말 꿰매기부터 시작된 바느질은, 작아져 더 이상 입지 못하게 된 아이들 옷 늘이기로 이어지고, 급기야는 버선, 덧버선, 조끼를 만드는 데까지 이르렀다. 바늘로 한 땀 한 땀 기워서 따뜻하고 튼튼한 버선을 만드는 과정은 바느질이 당신 삶의 일부였던 여든 여덟 살의 어머니와 하나가 되어가는 과정이기도 했다.

한 땀 한 땀 깁는 그 일 자체가 끈기와 정성, 치밀함을 낳는 것 같아 마음이 흩어져 아무 일도 하기 싫을 땐 바느질감을 꺼내들곤 한다. 그런데 아이들이, 그것도 사내아이들이 바느질을 이렇게나 좋아할 줄이야! 내가 쓰다 버리는 옷감 조각을 모아서 주목이는 서너 시간 한마디 말도 없이, 모습이야 어찌되었든 공책과 연필을 넣는 가방을 만들어냈다. 그러고는 춤이라도

집 옆에 자리잡은 뒷간. 굳이 가릴 것도 없고 막을 것도 없다. 그나마 문은 당황해 하는 손님들을 위해 달아놓은 것. 이곳에서 본 용변은 통에 담겨 나와 자연으로 돌려 보내진다.

출 듯이 기뻐했다.

그래서 아이들 마음이 여기저기로 흩어져 있다 싶으면 나는 일부러 모르는 척 바느질을 한다. 아이들의 흩어진 마음이 바느질에 모아져서, 그리고 자기도 모르는 사이에 끈기와 집중력이 길러져서 다른 공부나 일도 잘하게 되는 것 같다. 찢어진 옷, 구멍난 양말, 버려지는 옷을 한 땀 한 땀 기우면서 우리의 찢긴 관계, 구멍난 마음, 버려지는 삶을 한 땀 한 땀 깁고 싶은 간절한 소망이 자라난다.

열 한 번째, 생일맞이를 좋은 공부의 기회로 삼는다. 말띠 선목이가 이 세상에서 두 번째 맞이하는 '말'의 해. 그러니까 만 열 두 살이 되던 해에 나는 아이들 넷을 데리고 6박 7일간 멀리 나들이를 갔다. 선이골에 선목이와 남편만 남겨두고. 아우들이 없는 고요하고 잘 정돈된 선이골에서 혼자 밥 짓고 집안일 하면서 "사람은 왜 태어났는지, 왜 병이 들고 늙고 죽는지" 등에 대해 깊게 고민해 보는 기회를 선목이의 생일 선물로 준 것이다. 6박 7일 동안 선목이는 끙끙 씨름을 해봤으나 아무 대답도 얻지 못했다. 다만 형 말 안 듣고 집안만 어지럽히는 아우들이 너무 그리워 무조건 함께 있는 게 좋다는 것만을 깨달았단다.

선목이의 키가 자라고 사춘기 징후가 몸 안팎에 드러나던 열다섯 살 2월엔 나와 선목이만 2박 3일로 나들이를 갔다. 《논어》를 공부하는 선목이도 이제 열 다섯 살에 입학立學의 큰 뜻을 세울 몸이 된 것이다. "하늘과 땅, 사람의 하나됨을 향한 첫

걸음"을 낯선 곳에서 삶의 선배인 어머니와 깊은 이야기를 나누면서 시작하게 되었다.

"하늘은 왜 사람을 여자와 남자로 지으셨는지, 이것은 사람의 지상 생애에서 무엇을 뜻하는지, 아버지는 누구이고 어머니는 누구이며, 형제, 자매, 이웃은 누구인지"를 생각하고, 자기 몸 안팎에 일어나는 너무도 놀라운 변화들에 관해 삶의 선배와 깊은 이야기를 나누며, 이제는 아버지도 같은 '남자'로서 이해하고 아버지의 아픔과 기쁨도 함께 나누겠다는 다짐을 한다.

동생들은 자기들의 열 두 살, 열 다섯 살 맞이를 한라산에서 혹은 백두산에서 이렇게 저렇게 하겠다고 미리 계획들을 짠다. 하늘이 지상의 모든 몸에게 준 학년인 나이, 자기 나이에 맞게 배우고 살고 나이에 부끄럽지 않은 열매를 맺도록 우리는 해마다 떨리는 마음으로 생일을 맞이한다.

선이골 '하늘맞이 배움터'는 천연계의 몸들이 그러하듯 봄에는 봄 공부, 여름에는 여름 공부…… 그렇게 하늘이 지상의 모든 몸에게 주신 학기에 따라 공부한다. 하늘의 빛에 따라 철에 맞춰 공부를 함으로써 우리는 '철이 들기'를 바란다. 이 겨레 선조들도 바랐던 빛의 사람, 철인哲人을 꿈꾸는 것이다.

잎새를 모두 떨군 선이골 나무들이 봄, 여름, 가을 동안 하늘빛을 받아 흙과 물과 풀과 다른 나무와 짐승, 벌레, 사람과의 관계 속에서 자라며 열매 맺은 것을 긴 겨울에 다시 자기 세포 속에 새기고 갈무리하듯, 다시 더 아름답고 지혜롭게 자라날 새봄의 맞이를 준비하듯이, 선이골 선목 · 주목 · 일목 · 화목 ·

안방 창 밖으로 눈 쌓인 나무들이 보인다. 전기 없는 선이골에서 눈은 또 다른 빛이다.

원목 다섯 나무(木)도 그렇게 준비를 한다.

가을걷이가 끝나고 새봄이 오기까지 그 긴 겨울, 밤하늘 별빛은 어쩌면 그리도 투명하게 반짝이는지, 칼날 같은 새벽 공기는 어쩌면 그리도 맑고 차가운지…… 지상의 모든 몸들의 지성적 능력은 겨울에 가장 잘 자라고 발휘되는 것 같다. 아이들도 겨울 공부에 열을 낸다.

일년 중 가장 공부를 많이, 집중적으로 할 수 있는 때는 겨울이다. 모두들 자기 집으로 들어가 버린 선이골의 천연계 형제들을 그리워하며 촛불 켠 책상에 둘러앉아 그들 하나하나의 성격과 삶을 되살리며 책도 찾아보고 토론도 하고 공책에 써보기도 하며 깊이를 더해 간다. 그들이 우리에게 나누어준 묵나물 같은 잎새와 도토리묵이나 밤미숫가루 같은 열매를 먹기도 하면서 새 봄의 더 크고 깊은 만남을 준비하는 것이다.

그러나 이 모든 일도 아버지와 어머니가 아이들로부터 믿음을 얻지 못하면 소용이 없다. 어떤 프로그램, 어떤 지도도 무너져버리고 열매를 맺지 못한다. 아이들은 아버지 어머니에게 한마디 불평도 하지 않지만, 남편과 나는 아이들의 그 왕방울 같은 눈과 솥뚜껑 같은 귀가 언제나 두렵다.

부모의 입에서 나오는 모든 말, 서로를 대하는 모든 것, 선이골 천연계에 행하고 이웃에게 행하는 모든 일을 통해 아이들은 믿음을 쌓기도 하고 배우기도 하는 것이다. 남편과 내가 먼저 하나되어야 했고, 농사 짓기를 통해 천연계와 하나되어야 했으며, 이웃들과 하나되어야 했다. 우리가 하나되는 만큼 우리의 삶도 달라지고 아이들도 믿어주는 것 같았다. 아이들 앞에서 우리는 온 힘을 다해 정직해야 했다.

우리에게 가르침을 주는 스승은 참으로 많다.

"효도할 효孝자를 한 번 써본 사람과 세 번 써본 사람은 달라도 크게 다르지. 어릴 때부터 어미와 누이에게 함부로 하는 사내녀석은 장가 가도 마누라에게 꼭 그런다." 이렇게 말씀하시는 예순 여덟의 지경환 할아버지. 우리는 그분을 만나고 오면 그분한테 들은 이야기를 하나씩 떠올리며 일기장에 적어놓는다.

열 다섯 살 때 혼자 산에 움막을 짓고 하루에 장작 백 짐씩 해서 팔고 살았다는 마흔 다섯 살의 원천리 이종찬 씨. 지난해엔 선목이와 주목이가 난생 처음으로 부모를 떠나 그분 집에서 3박 4일 소 밥 주기와 농사일 배우기를 했다. 온 몸이 일 자체인, 목소리 크고 정의파인 그분 밑에서 배우고 와서 아이들은 다시 3박 4일 동안 잠만 잤다. 너무 지쳐서.

화천의 이 마을 저 마을에 흩어져 있는 70대, 80대, 심지어 마현리에 사시는 백 살 넘은 건강한 할머니까지 이 분들은 우리가 가장 귀하게 여기는 스승들이다. 그분들의 삶은 책이나 영화 같은 매체가 줄 수 없는, 살아있는 목소리로 직접 전해 받을 수 있는 보물이다. 일제 시대와 6 · 25 때 겪은 얘기, 농사 짓기, 민간 요법, 사람의 도리, 마을의 역사, 겨레말의 맛과 얼 등등, 이 스승들이 돌아가시기 전에, 살아있는 목소리가 사그라지기 전에, 우리는 한마디라도 더 들으려고 귀를 쫑긋 세운다.

한 솥 가득한 밥이 김을 뿜어내며 솔솔 익어간다. 잘 익어가는 밥 냄새를 맡으며 잠깐의 여유를 찾곤 하는 어미는 이때 책을 읽거나 지난 편지를 다시 꺼내 들춰보기도 한다.

오일장에서, 길거리에서, 버스 안에서 아이들에게 눈길과 웃음을 보내주고, 머리를 쓰다듬어주는, 이름도 모르고 어디서 무슨 일로 먹고 사는지도 모르는 무수한 사람들. 이 어찌 스승의 따사로운 눈빛과 웃음, 쓰다듬음이 아니겠는가! 이름 모르는 이들 스승들은 오히려 딱딱하게 굳어진 나의 마음을 녹여 가르친다. 나도 모든 아이들에게 그리 해야지!

괴산에 사는 남편 학교 후배인 박찬교 씨, 다음 해에 화천으로 귀화한다는 집 짓는 이 김병희 씨, 서울에 사는 전광식 교수님, 자연의학연구회의 일흔이 넘은 김태수 회장님, 이분들은 편지를 통해서, 또 만남을 통해서 아이들에게 어떻게 자라야 하는지, 무엇을 배워야 하는지를 가르치는 스승들이다.

그리고 제주도에 계시는 예순 일곱 살의 두창이 외삼촌! 딸과 같은 내게도 어릴 적 스승이었는데, 이제는 아이들의 깐깐한 스승이 되었다. 그분은 때마다 아이들의 배움을 격려하는 긴 편지를 써서 보내주시는데, 아이들은 그 편지를 이해하기 위해《논어》《사기史記》같은 책을 뒤져야 한다.

다 적을 수 없는 너무나 많은 스승들! 어머니, 아버지가 다 가르쳐줄 수 없고 또 가르치지도 못하는, 한 사람의 지상 생애에 꼭 필요한 각양각색의 것들을 곳곳에 계시는 스승들이 깊은 관심과 애정을 가지고 아이들에게 가르친다.

부모는 다만 그 스승들과 아이들이 잘 만날 수 있게 돕고, 또 아이들이 그 스승들에게서 받은 가르침을 귀하게 여겨 자기들 삶의 양식으로 삼을 수 있도록, 또 자기들의 관계를 잘 맺어

갈 수 있도록 이끌 따름이다.

언젠가 이곳을 찾아온 어떤 분이 일목이에게 물었다.

"너는 나중에 커서 뭐가 되고 싶어?"

"나는 평민이 될 거예요."

"평민이라고?!"

김매는 일을 시키면 끝까지 안 하고 혼자 숨어서 백과 사전을 즐겨 읽는 일목이, 그 일목이에게 감동을 준 평민은 어떤 사람일까? 일목이와 얘기 나눴던 그분은 그 말이 '사람' 이라고 들렸단다. 수천 년 동안 이 겨레의 평민은 어떤 사람인가? 아이들과 부모는 같은 바람을 품고 있을까?

나는 나 자신에게도, 우리 아이들에게도, 다른 모든 사람들에게도 '사고 팔리지 않는 사람, 삶' 을 바란다. 사고 팔리지 않을 때 우리는 쉼을 얻을 수 있고 평화롭게 하나되는 삶을 살 수 있다고 믿는다. 내 어머니는 "돈버는 일은 너무나 어려운 일이다. 돈을 많이 벌 생각 말고 돈을 쓰지 않아도 되는 삶을 생각하라" 고 가르치셨다. 하노라고 파닥여 보긴 했지만 쉽진 않았다. 사고 팔리지 않는 사람, 삶도 어려우리라. 그러나 평화롭게 하나되는 삶을 향한 목마름이 그 어려움을 견디게 한다.

뭐라 해도 자식 농사가 가장 어렵고 힘들다. 그러나 가장 보람되고 위대한 일이라고 믿는다. 선이골에 들어온 뒤 자식 농사의 어려움과 막막함에 많이 단련되면서 조금씩 수월해진 것도 같다. 아이들이 어찌 될지 우리는 모른다. 어느 누구도 모르지 않을까 싶다. 오직 하늘만이 아시리라. 근대 교육으로부터의 '떠남' 은 부정이 아니다. 더 크게, 깊게, 진정으로 만나기 위한 것이다.

아이들은 나와는 다른 동기와 목적으로 선이골에서 배우고 있다. 이 아이들이 과연 잘하고 있는지, 40여 년 몸에 밴 '시험' 의 경험이 아이들을 '시험' 하고 싶은 충동에 사로잡히게 한다. 아이들이 잘하고 있는지 무엇으로 알 수 있는가? '품성과 관계' 라는 열매! 아이들을 시험하지 말고 각 나이마다 그 나무에 열리는 열매를 제대로 분별할 수 있는 나의 눈과 귀, 직관 등을 먼저 살피고 기르려고 애써야 할 것이다.

이미 내달려 나간 아이들의
뒷모습을 지켜보면서 부부는 서로
팔짱을 끼고 집을 나선다.
말도 많고 탈도 많았던 긴 세월 지나고,
이제 한 걸음 한 걸음 쌓이는 것은
다름 아닌 행복이다.

shanti@shantibooks.com으로 이름과 이메일, 전화번호, 주소를 보내주시면 도서출판 샨티의 독자회원으로 등록되어 신간과 각종 행사 안내를 이메일로 받아보실 수 있습니다.